圖／文≫阿啾
阿啾軍旅冏萌
學長說要
操爆我

主角
學長
小狗子
阿啾
菜鳥們
班長
豆腐哥
下巴哥

目錄

第一章
當兵是什麼？可以吃嗎？

在台灣，滿十八歲的男性
莫忘初衷
都必須加入國軍，並服義務兵役一年
國軍除了平時要鍛鍊自己的體能之外
更需要靠平時的戰備訓練來預備敵軍來襲的狀況
而國軍對人民更是有許多貢獻
發生災難時，國軍往往能成為人民的精神支柱
國軍
就是這麼偉大重要的職業！

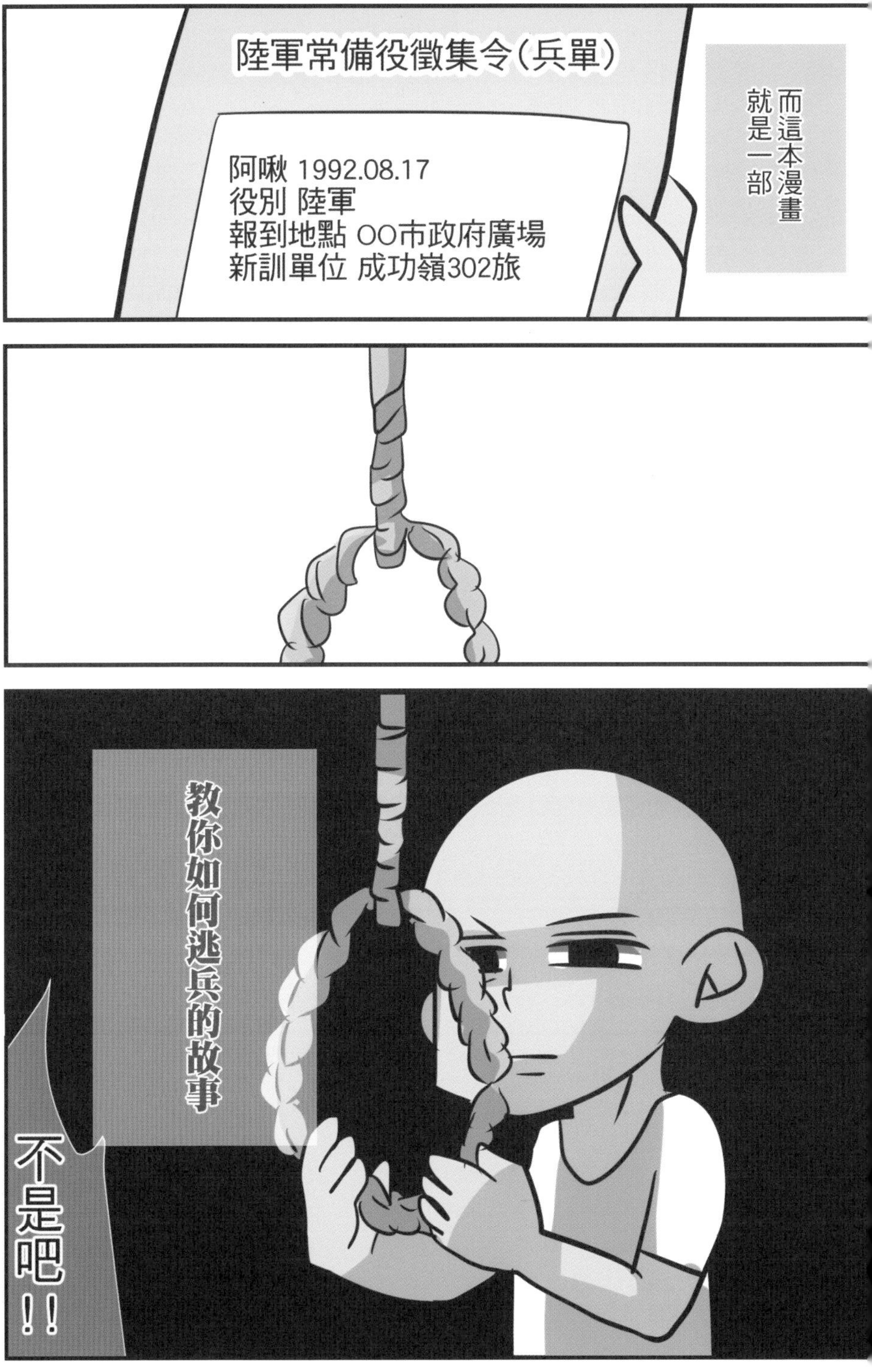
陸軍常備役徵集令(兵單)
阿啾 1992.08.17
役別 陸軍
報到地點 OO市政府廣場
新訓單位 成功嶺302旅
而這本漫畫就是一部
教你如何逃兵的故事
不是吧!!

前面不是還在說國軍很棒嗎？怎麼一下馬上就在說甚麼逃兵啦
喔，第一頁總是要先做做樣子，傳遞正面能量
然後再讓大家知道國軍的黑暗
要不要簽！
長官不要
才沒有這樣吧！！
可是有那麼誇張嗎？
不過是當一年而已，轉眼間就過了啊
去當兵我不如去賣屁股！
你根本就很想賣吧！！
一般是說不如去死吧！

而且幾乎每個人
都說一年很快就過去了啊！什麼的
但是你知道一年可以完成很多事情嗎！
我想給你十年都做不到你想像的這些事情
沒差拉，你就當作是去一年的健身房啊！
哼，我退伍時可是肥了五公斤呢
你根本就過得很爽嘛！
在那邊哭

那小狗子，你對國軍的印象又是什麼呢？
印象？
大概是這樣吧
我是啾子！旁邊是我的學長！
誰啦！
我教你持槍
我真的好喜歡好喜歡學長！
肥皂掉了呢
好喜歡
好喜歡
好喜歡
好喜歡學長…
的肉…
你平常都在看什麼東西啦！

你到底把國軍想成什麼樣子啊！
可是我看的同人文都是這樣寫的啊
你是看了哪種同人文!?
國軍是國家安全的屏障，更是穩定社會的力量！
所以國軍對於國家來說，是不可或缺的存在！
可是我在網路上都是看到這種欸
你平常都在看什麼網站啦！

啊我對國軍的印象就是這樣啊，我又沒有當過兵！
人家4女森欸
所以才要你來做介紹呀！
喔喔
那就簽下去吧！有些事自己體驗比較有用喔！
我願意效忠國家!!
起薪還有三萬喔
滾
你們在聊什麼啊？
當兵的事情嗎？
學長

你來得正好，
你覺得這本漫畫的內容
應該要怎麼呈現比較好
內容？
不好意思，
可以給我一點位置嗎
在想要走搞笑還是
現實的路線好
這樣啊
不好意思，
你是故意的嗎
不然兩個合在一
起如何？就是又
現實又搞笑
…
好像不錯欸！
具體來說怎麼畫？
具體來說嘛…

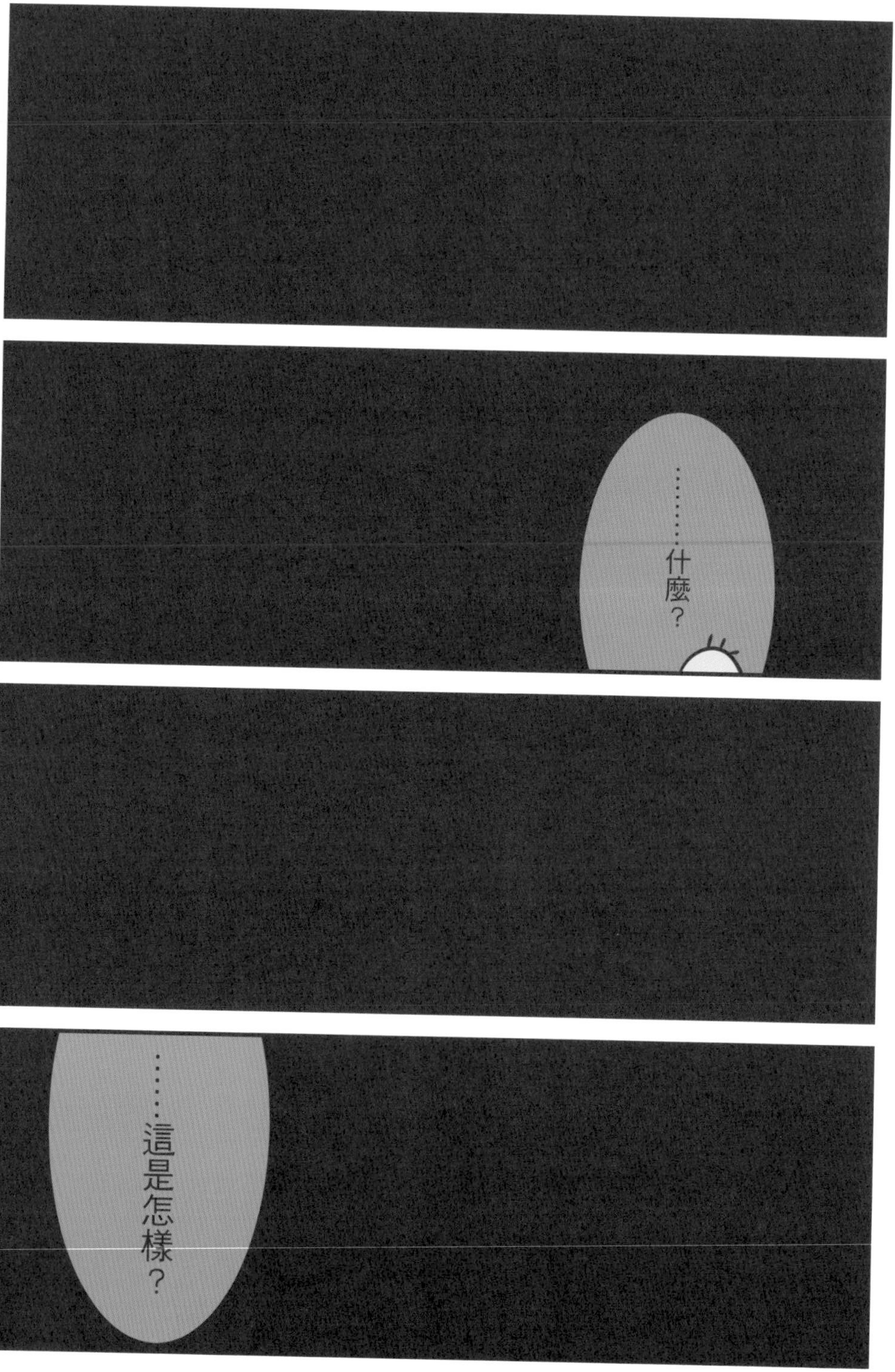
……什麼？
……這是怎樣？

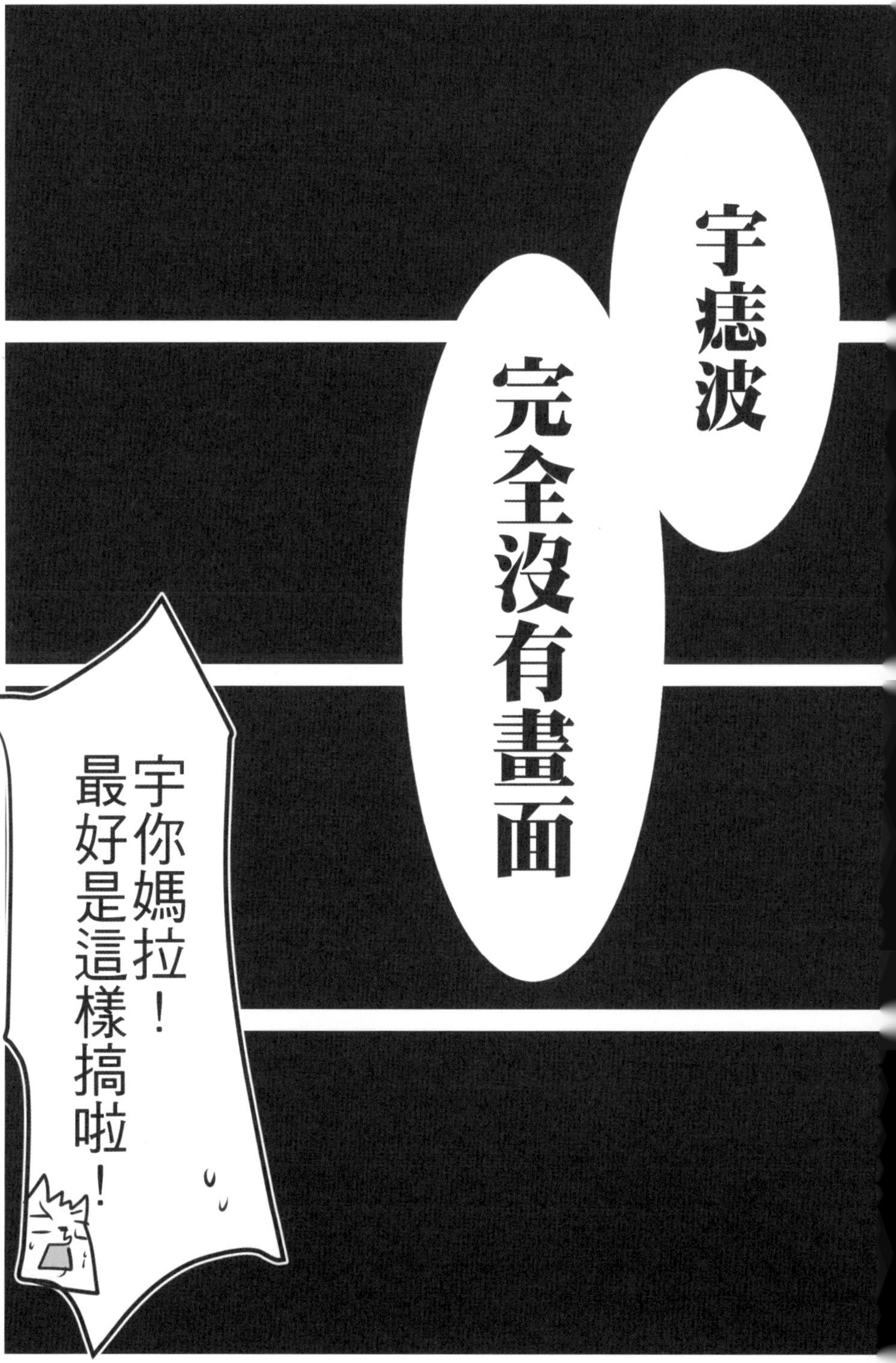
宇痣波
完全沒有畫面
宇你媽拉！最好是這樣搞啦！

想偷懶也不是這樣吧！
這樣下去正篇都還沒開始，就先被國防部收押了拉！
啊？不過就是黑畫面，跟國防部有什麼關係呀？
不要裝出一副什麼都不知道的樣子!!
哇！原來出書這麼簡單！
不要真的全部塗黑啦！
放心啦，我在當兵的時候也很常把資料給全部塗黑呀
不要說出這麼危險的話！

那學長你是當哪種兵啊？
陸海空？
我都不是耶
人家可是
人見人愛的
替代役醬唷！
甘霖老師

替代役？跟國軍有什麼差別啊？
替代役標章
替代役跟國軍最大的差別就在於替代役比較爽是屬於內政部管轄，而國軍是屬於國防部管轄的
不要偷偷暗譙！
替代役又可以下分很多種類，例如消防、警察、教育役等等，主要就像是公司上下班的公務生活
那你怎麼沒去當替代役啊？現在不是可以用抽的嗎？
拜託！我好手好腳當然要去報效國家啊！
真心話呢？
甘霖娘抽不到啦！人家好想要當替代役拉嗚啊啊啊啊啊啊
黑箱作業啦！
好像打開了什麼不該打開的開關

不過也因為當兵
讓你有了更多梗可以創作不是嗎
是這樣沒錯
也多虧國軍讓我更早見識到人性的真相呢
你到底在裡面發生了什麼恐怖的事情啦！
總之本書就是以阿啾實際當兵的過程所繪製成的搞笑漫畫唷！
總算下結論了
以及揭發一些國軍的黑暗面
這個不行畫！

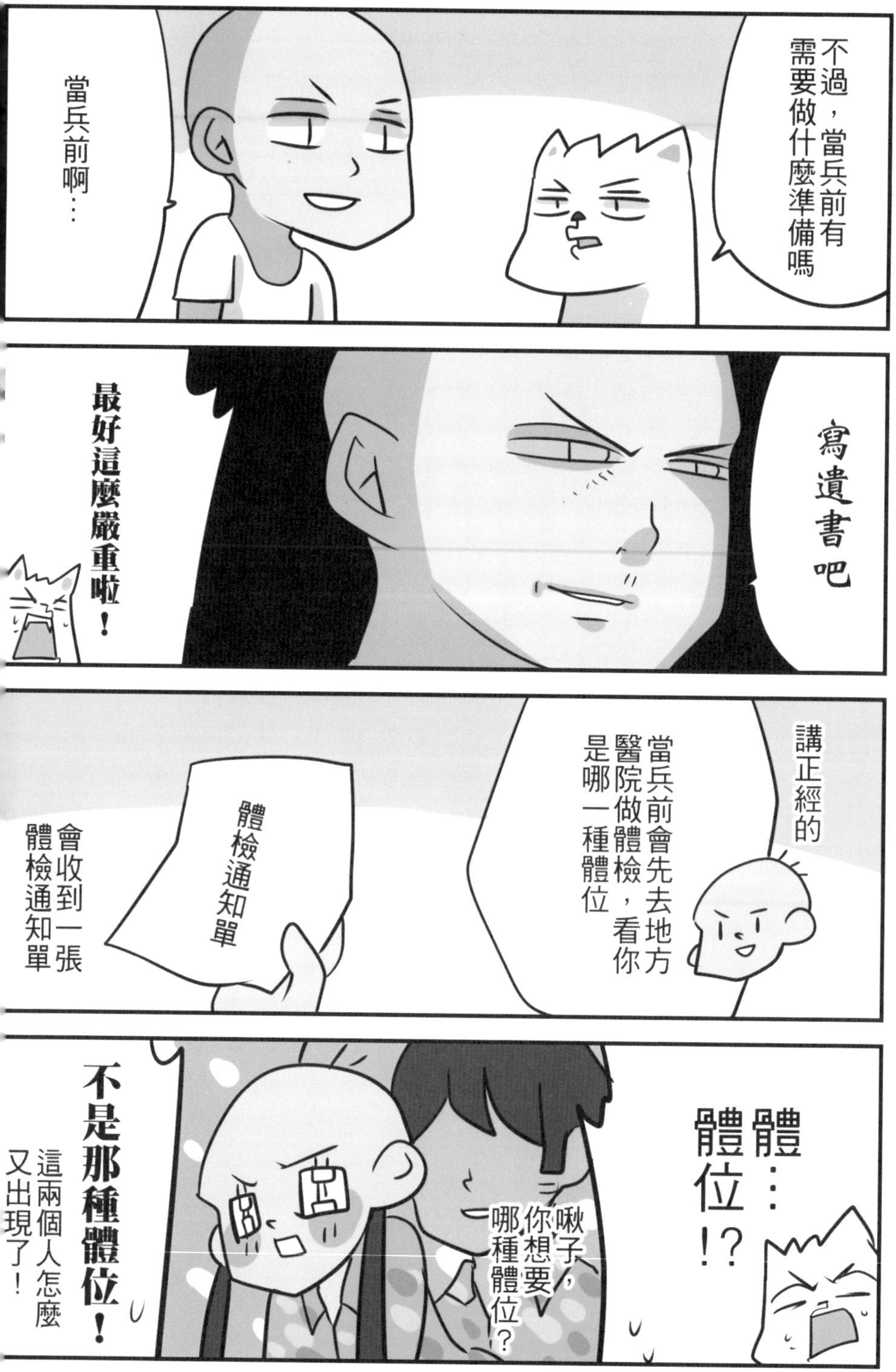
不過，當兵前有需要做什麼準備嗎
當兵前啊⋯⋯
寫遺書吧
最好這麼嚴重啦！
講正經的
當兵前會先去地方醫院做體檢，看你是哪一種體位
體檢通知單
會收到一張體檢通知單
體⋯⋯體位!?
啾子，你想要哪種體位？
不是那種體位！
這兩個人怎麼又出現了！

體位分為正常體位跟疾病體位
然後依體位來決定你要當怎樣的役別
正常體位
普通役
疾病體位
替代役
免役
我有問題！聽說過胖就不用當兵是真的嗎？
是真的啊！
哼，早知道量體重的時候就多塞一塊鉛球在褲檔裡……
不能這樣吧！
因為篇幅有限，我們就直接跳到重點吧
生殖器檢查！
為什麼重點是這個啦！

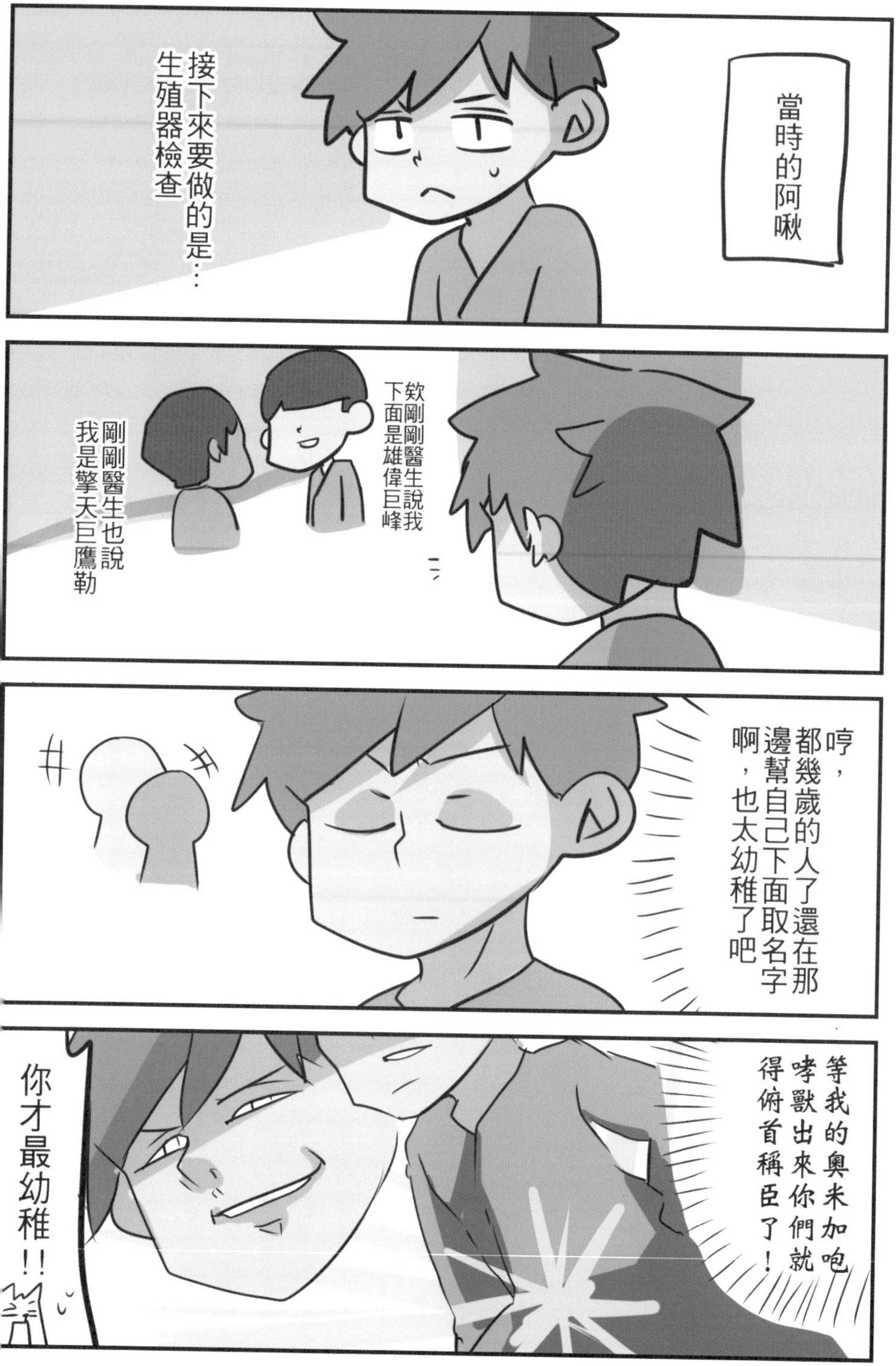
當時的阿啾
接下來要做的是⋯生殖器檢查
欸剛剛醫生說我下面是雄偉巨峰
剛剛醫生也說我是擎天巨鷹勒
哼，都幾歲的人了還在那邊幫自己下面取名字啊，也太幼稚了吧
等我的奧米加咆哮獸出來你們就得俯首稱臣了！
你才最幼稚!!

把褲子脫掉
好，下一位
醫生，你也說點什麼吧……
好吧…平凡也不錯

體檢結束後就是重頭戲了！
我知道！我知道！
抽軍種籤！
沒錯吧
啊…好想跟學長抽到同軍種
這什麼示意圖啦！而且為什麼裸體！
所謂的抽軍種就是在公開的場合之中
空
海
陸
選出你未來一年所要擔任的軍種
除了陸海空之外，還有籤王
海軍陸戰隊
好海陸不抽嗎？
海陸的籤比例極低，因此抽到的，可能忘記燒香吧…

不過當時我在準備考試，所以請我媽媽去幫我代抽
嗯？媽媽傳訊息來
母
陸軍
2014
母
抽到陸軍
陸軍阿⋯⋯還可以啦！
母
對不起
嘎？不用對不起啦！
母
對不起
母
對不起對不起對不起對不起對不起對不
媽媽!?

媽，沒關係啦！陸軍就陸軍啦！
母
我聽說現在替代役可以用抽的，我再去幫你抽抽看！
真的假的？可以嗎？
幾週後
母
替代役
未中籤
沒有中啊…
母
對不起
噗，又沒關係！
母
對不起
母
對不起
母
對不起
媽！不要這樣!!

以上步驟都結束後就可以等著收兵單了
好繁瑣的前置作業啊！
兵單大概多久會來呢？
正常來說在畢業之後就會收到了，時間有可能很快也有可能會很久
看當地公所的處理速度
或者也可以出國消失個幾十年來躲兵役…
不能這樣啦！
那麼當兵的基本知識差不多就到這邊
請大家跟著阿啾繼續體驗軍中的各種不人道精彩生活吧！
不要偷偷說出這麼危險的話！

第二章
當兵前準備！需要帶腦嗎？

畢業後，就一直在家裡等兵單來
抓
難道這就是廢人嗎？
當廢人好爽啊！

不行，我才剛畢業，怎麼可以這麼廢！
明天就去找打工吧！
欸阿孫，剛剛郵差寄來一張紙，是不是你的兵單阿？
花惹發！
雖然已經早有準備了
但是這也來得太突然了吧！
親愛的○○小姐
提醒您該做子宮頸抹片檢查囉！
請憑此單至醫院掛號辦理！
阿嬤！！

幾個月後
兒子！起床啊！有你的東西！
什麼？是上次預購的哆啦A夢電影票嗎？
里長送來的
里長？
徵集令
兵單
終於要去當兵了呢

先生，你的飲料
Tea

我真的要當兵了…
真的要當兵了…可是我…我還沒做好心理準備…
不然打去市公所詢問一下好了
看還有沒有延期的空間…
嗶嗶
喂？市公所嗎？我想問一下，收到兵單就等於要去當兵了是嗎？
………
……是啊？
恩，謝謝
我問了什麼低能的問題！

算了…看了一下還有半個月的時間
趕快抓緊時間來把想做的事做完吧！
把行程都先記在紙上面好了
行程規劃
行程規劃
媽，您這幾年對我的養育之恩，兒子十分感激，兒子恐怕無法報
我在寫什麼遺書啦!!

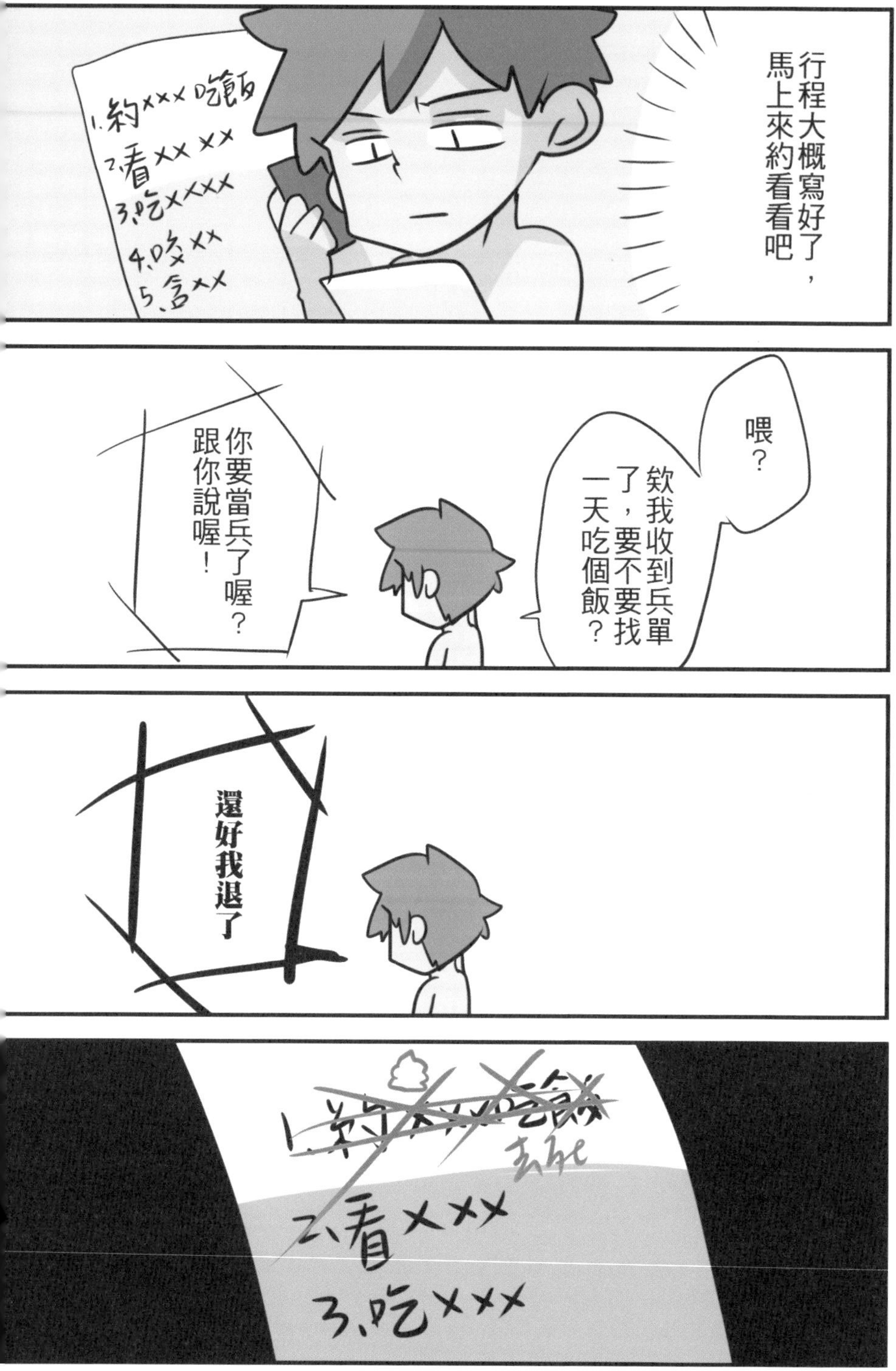
行程大概寫好了，馬上來約看看吧
1.約xxx吃飯
2.看xx xx
3.吃xxxx
喂？欸我收到兵單了，要不要找一天吃個飯？
你要當兵了喔？跟你說喔！
還好我退了
2.看xxx
3.吃xxx

跟大學的學長約出來吃飯
你終於要去當兵了喔？
對啊，好煩喔
那我來跟你說當兵要注意什麼
好啊好啊，我到現在還沒有什麼頭緒⋯
還好，我退了。

這些人到底想怎樣

當兵前最重要的事前準備，
理平頭！
因為阿啾本人額頭很高，
五根指頭
因此平時都要靠厚瀏海來幫忙擋住
對阿啾來說，瀏海，
就是他的生命！
對不起，海海，都怪爸爸沒用……沒辦法守護你……
你這樣只是在翻白眼而已吧

終於到了要剪的時刻——
注視——.
請問可以開始了嗎
再讓我跟海海獨處一段時間！
好、好
海海？

咔嚓
咔嚓
海海有想我嗎？
海海，謝謝你
海海我失戀了
與你一起生活的回憶
海海，嫁給我吧
我永遠都不會忘記！
你是神經病喔!!
結束！

這真的
是我嗎？
海海⋯再見了⋯
主人！我會永遠留在你心裡的！
欸學長，你覺得怎樣
我覺得沒有想像中醜
恩⋯
額頭光光外星人？
幹

當兵前幾天
沒頭髮真的好不習慣喔
嗯？
抓
抓
糟糕，刺刺的觸感有點好摸啊！
我可以摸上一整天

啊……再過幾天就要當兵了
趕快先積幾篇粉絲團文章來放……
糟糕，剛剛突然有一種光頭好好畫的感覺
乾脆以後都用光頭登場好了，不行……阿啾不行，你要忍住啊！

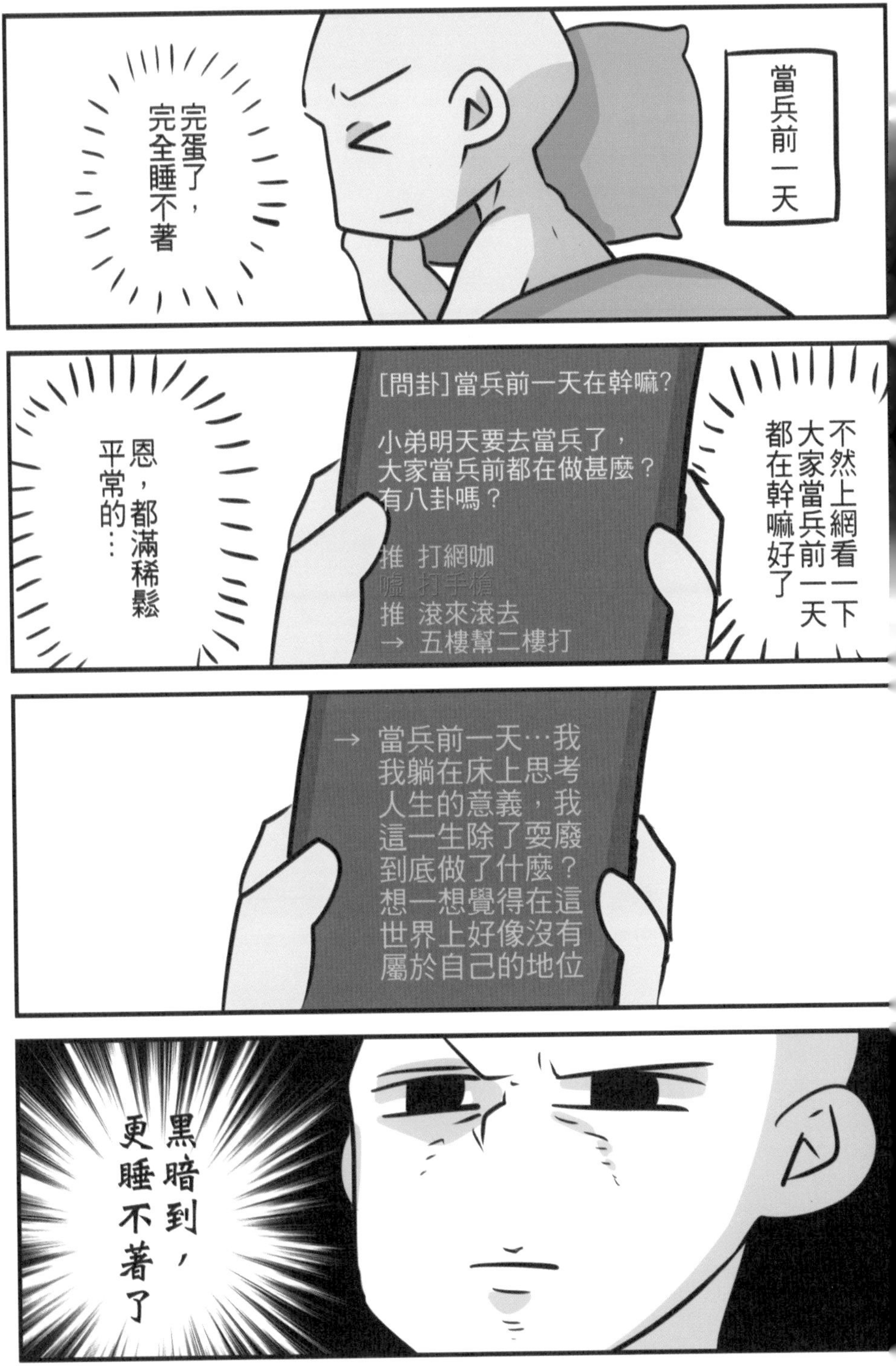
當兵前一天
完蛋了，完全睡不著
不然上網看一下大家當兵前一天都在幹嘛好了
[問卦]當兵前一天在幹嘛?
小弟明天要去當兵了，
大家當兵前都在做甚麼？
有八卦嗎？
推 打網咖
噓 打手槍
推 滾來滾去
→ 五樓幫二樓打
恩，都滿稀鬆平常的…
→ 當兵前一天…我
我躺在床上思考
人生的意義，我
這一生除了耍廢
到底做了什麼？
想一想覺得在這
世界上好像沒有
屬於自己的地位
黑暗到，更睡不著了

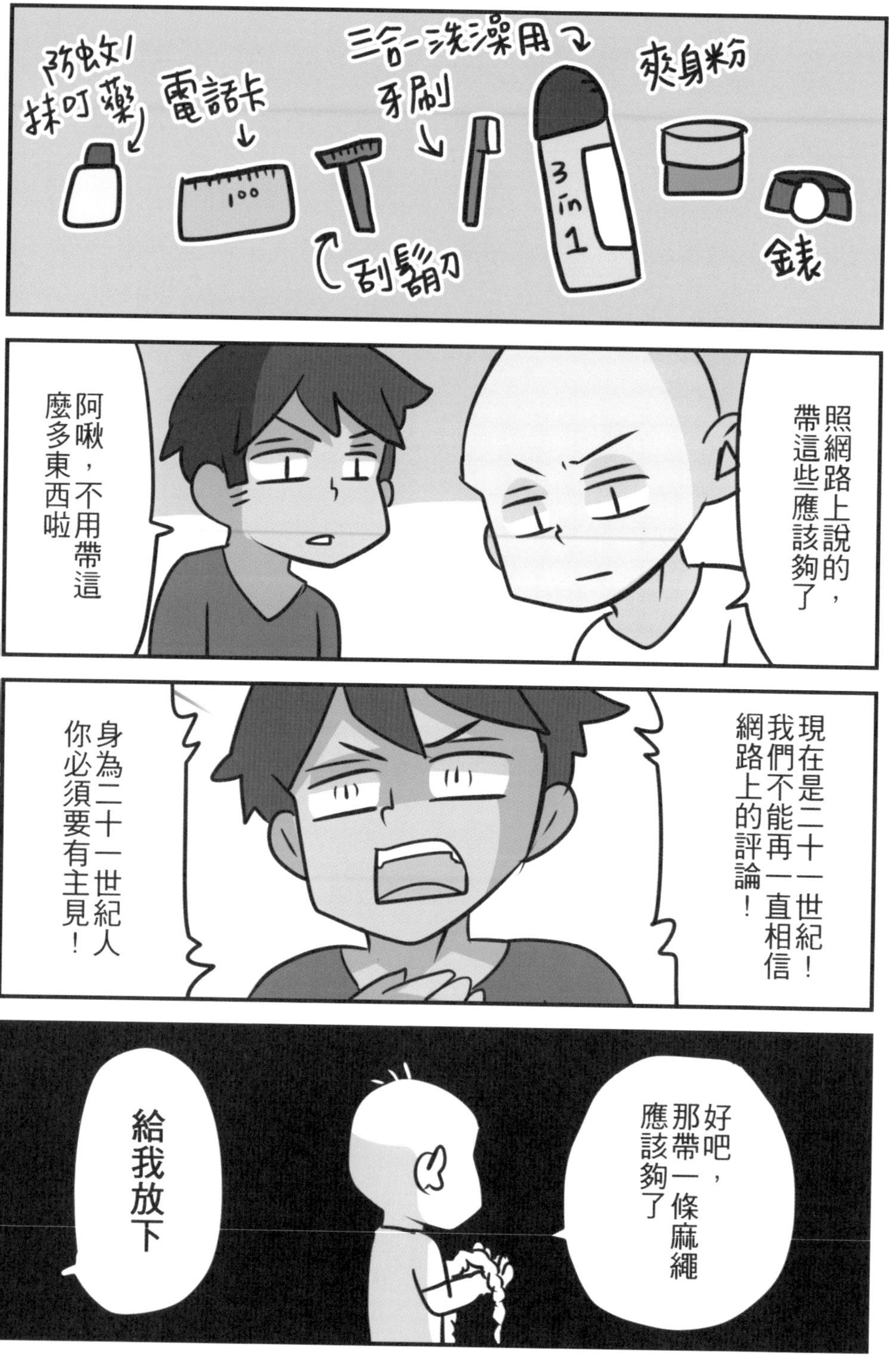
防蚊/抹叮藥
電話卡
100
三合一洗澡用
牙刷
3 in 1
爽身粉
刮鬍刀
錢
照網路上說的，帶這些應該夠了
阿啾，不用帶這麼多東西啦
現在是二十一世紀！我們不能再一直相信網路上的評論！
身為二十一世紀人你必須要有主見！
好吧，那帶一條麻繩應該夠了
給我放下

說實在的，你真的不用這麼擔心啦！
你真正需要做的事是⋯⋯
變成一個低能兒
恭喜你！你已經做好入伍的準備了！
咕

結果一整晚都沒有睡
憔悴
無神
一早就來報到了
各位南投的有為青年們！你們將要踏上成為真正男人的旅程！
地方議員代表
當兵是人生必經的階段！有當過兵才算是真正的男人！
趕快在出發前讓我們大聲充滿活力的喊，南投加油！加油！加油！
南投加油加油加油……

請各位役男來這邊簽到
順便領小禮物
對喔！之前我朋友有說縣市都會發禮物給入伍役男
我們送洗澡套組呢
高級
豪華
南投會送什麼東西呢
電話卡一張
XXXX
Nantou
玉山
南投，虧我這麼相信你
虧我這麼相信你啊！
南投！

那媽媽⋯
我要出發了喔
兒子⋯
媽媽⋯
果然還是會捨不得吧？
仔細一看
你額頭真的滿高的欸

你的額頭，真的滿高的耶
你的額頭，真的滿高的耶
就這樣，阿啾的軍旅生活，
就從高額頭正式開始。（什麼）

下部隊後某次
跟媽媽通電話
欸！兒子！我剛剛
跟姐姐比了一下，
我們全家額頭都很高欸！
遺傳啦遺傳！
哈哈是喔

第三章
血汗新訓！班長說要操爆我！

不好意思
死氣沉沉
毫無生氣
看來這台車
是通往冥界的列車呢

大家都跟死人沒兩樣，這就是當兵啊……
話說回來，剛剛那兩個大叔大嬸
為什麼可以笑得這麼開心？
呵呵呵
哈哈！
我們就要搭上通往冥界的列車了，他們卻笑得合不攏嘴
難道，難道他們是……
撒旦的手下嗎?!
妄想病發作

好煩喔！不想睡也不知道要幹嘛
乾脆找人來聊聊天好了
就決定是你了，屁股下巴哥！
那個屁…同學，你昨天有睡好嗎？
嗚嗚嗚嗚嗚嗚…
!?

你怎麼了？
昨天我女友，說要跟我分手
因為屁股下巴嗎
然後她還說
祝我在營區裡找到更好的
女朋友啊啊啊啊啊啊啊啊啊

別難過啦
因為當兵就分手的女生不要也罷
可…可是再也找不到人像她那麼喜歡我的下巴了！
結果竟然是喜歡下巴嗎
不要想這麼多啦
世界上人這麼多，一定會有適合你的
不然男的也好啊，不會懷孕呢
你離我遠點

不知道還有多久才到
好悶好無聊喔
不然你就在腦海中唱歌啊，不要想其他事情了
啊？我試試
倒數開始
滴滴答滴滴答滴
滴答滴答滴
成功嶺
Ridge
滴答滴答滴
滴答滴答滴
滴滴答滴滴答滴
答滴答滴答滴答
夠了李玟！
離開我的腦海！

怎麼反而被你安慰

※李玟—DIDADI

成功嶺
經過兩小時左右，終於到了……
一下車踏到這個土地，我的第一個想法是……
滴滴答滴！
持續洗腦中

都趕快拿好行李下車！
新兵動作快一點！不要拖拖拉拉的！
在我面前成12個班！
趕快排好！動作快一點！時間很多是不是！
現在照身高排班順序！
最高的自動站到第一個！
每個班的第一兵，就是該班的班頭！
班頭!?

欸，班頭是什麼
你知道嗎
我上網看過
每個班的第一個人就是班頭，類似班長那樣
班頭
班一
班二
班三
班頭除了要處理那一班的日常事務之外
交資料
清點人數
還要確實掌握那一班的人數
總之就是個
屎缺！
媽媽，謝謝你
謝謝你把我生得這麼矮
這輩子第一次覺得幸好沒長很高

現在帶隊去領裝備
等等腳步踏好
不要給我聊天
一偶
一偶
精神答數！
你們啞巴是不是啊？
叫你們答數有很困難嗎?!
你根本還沒教啊！
???
???

一個一個進去領裝備！領完就快點出來！不要拖！
好臭！
不用挑！大家都一樣用舊的！選適合的尺寸就好！
東西多到根本拿不動了啊！
鋼盔
布鞋
軍靴
內衣
迷彩衣
那個，有個方法比較好拿
要不要幫你用？
欸？女兵嗎？

像這樣把迷彩衣墊到最下面
然後把其他東西擺上去
再包起來打個結就好了
你是生活智慧王嗎?!
話說今天也有女兵入伍嗎?
可是剛剛隱約看到他在我們這班……
男的!?

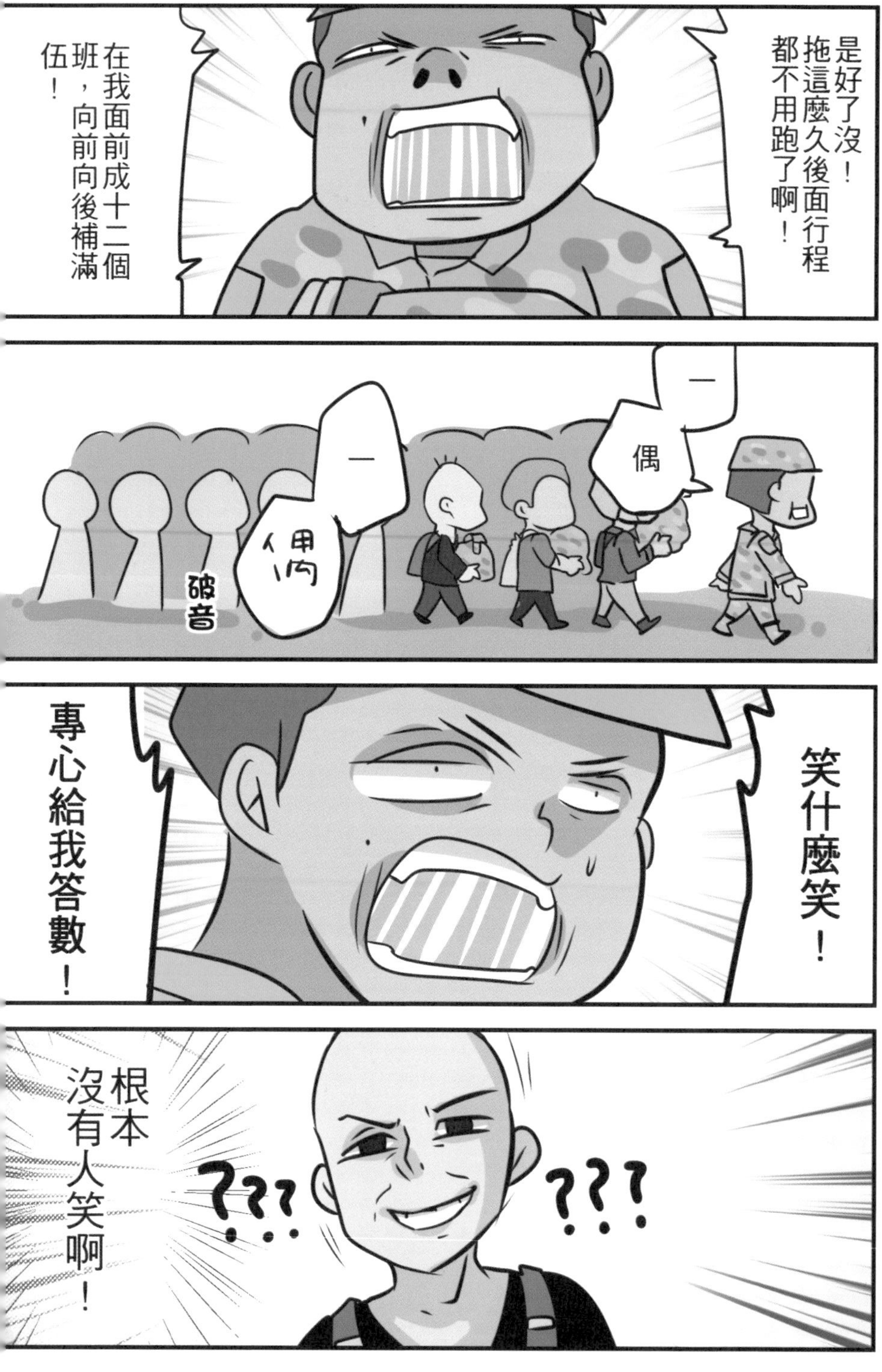
是好了沒！
拖這麼久後面行程都不用跑了啊！
在我面前成十二個班，向前向後補滿伍！
一
偶
一
偶
破音
笑什麼笑！
專心給我答數！
根本沒有人笑啊！
???
???

這是你們的寢室！上面已經貼好編號了
等等換完衣服，十分鐘後連集合場集合完畢！
行程趕到根本沒有時間休息欸
……欸？

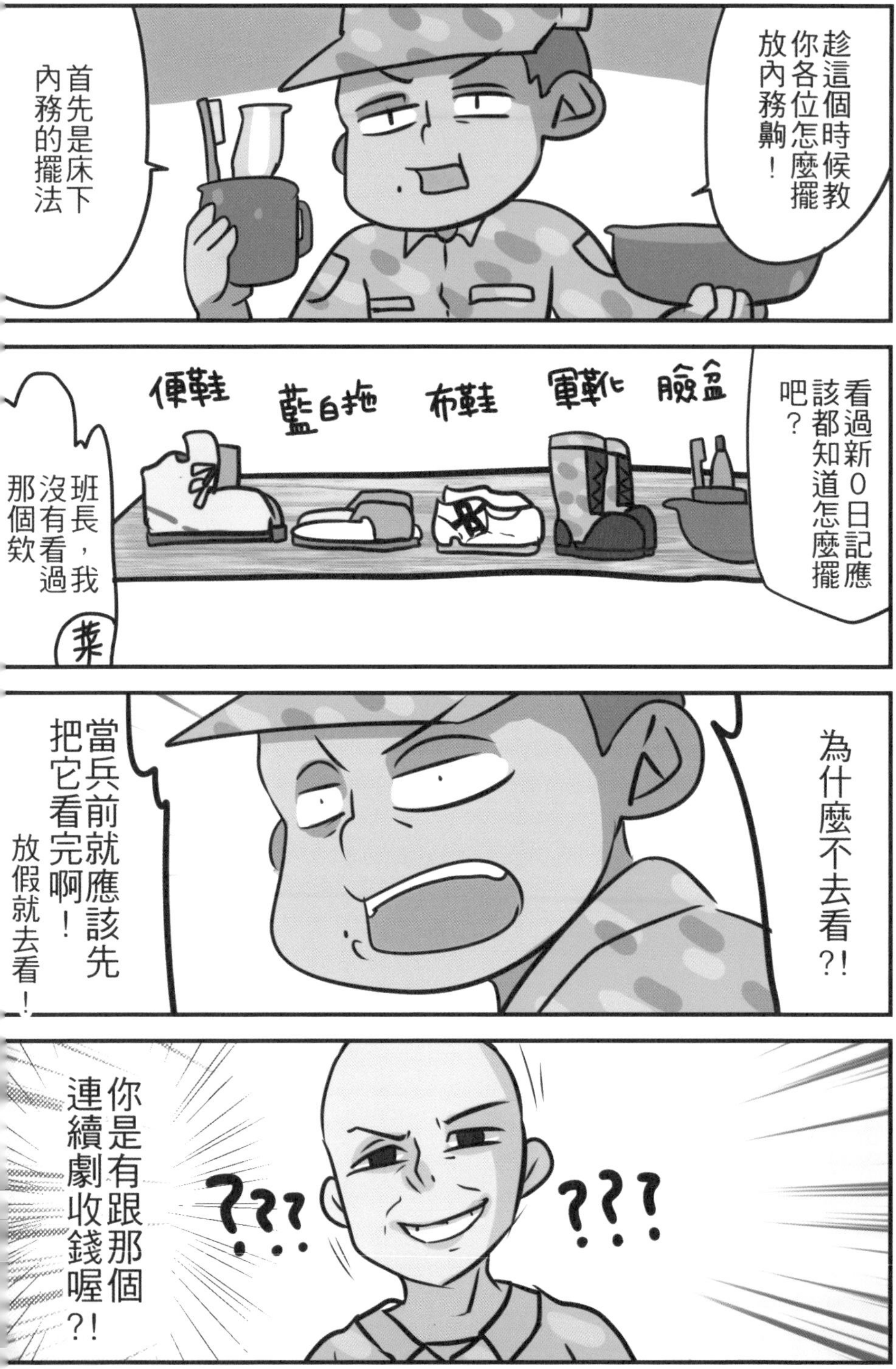
趁這個時候教你各位怎麼擺放內務齁！
首先是床下內務的擺法
看過新0日記應該都知道怎麼擺吧？
臉盆
軍靴
布鞋
藍白拖
便鞋
班長，我沒有看過那個欸
為什麼不去看?!
當兵前就應該先把它看完啊！
放假就去看！
你是有跟那個連續劇收錢喔?!
???
???

＊某從軍連續劇

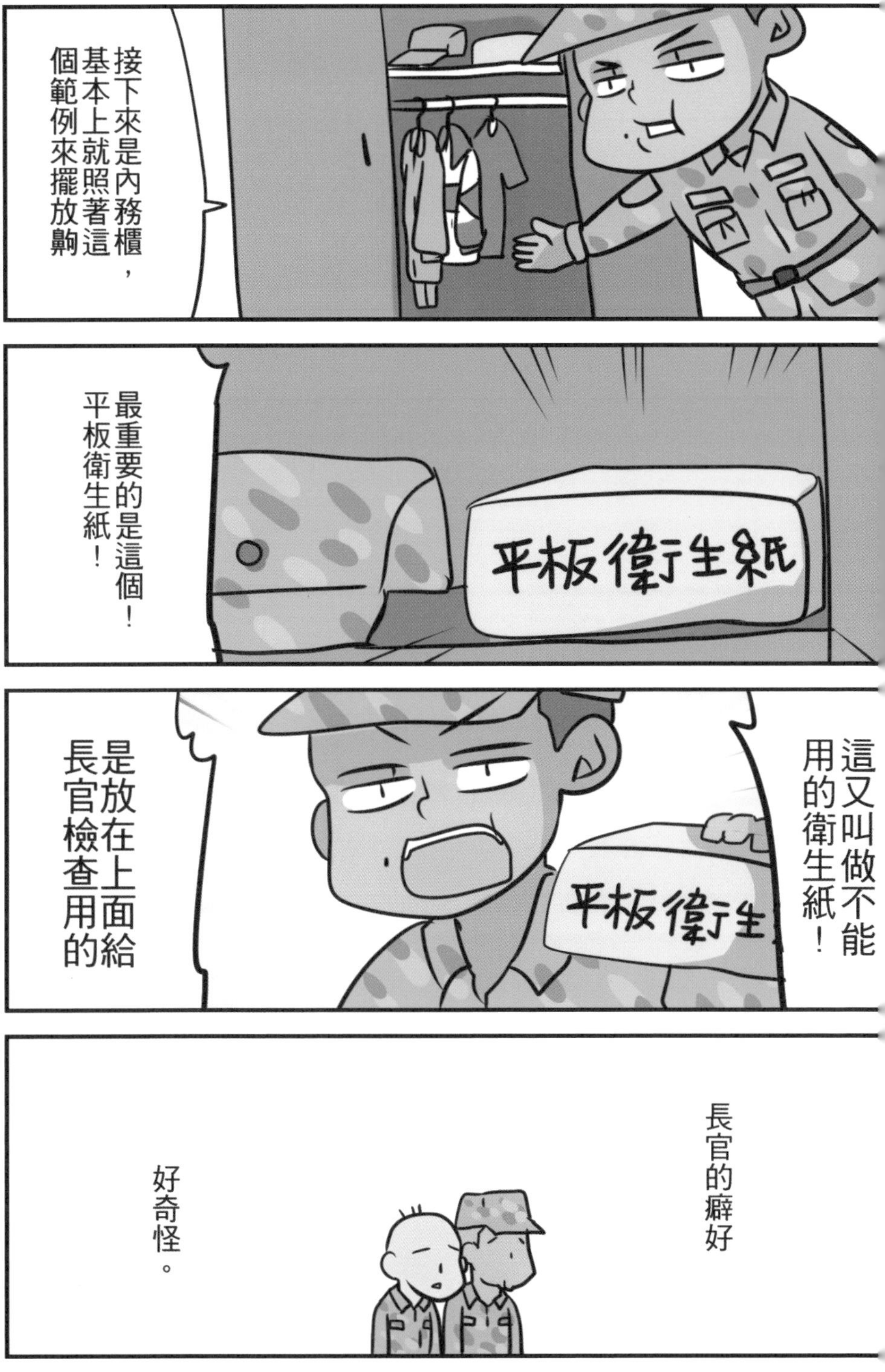
接下來是內務櫃，基本上就照著這個範例來擺放齁
最重要的是這個！平板衛生紙！
平板衛生紙
這又叫做不能用的衛生紙！
是放在上面給長官檢查用的
平板衛生
長官的癖好
好奇怪。

各位弟兄們好，我是你們這周的值星官
接下來我們要去理頭髮
幸好我在進來之前就先理過了…
理過的也一樣
誰都躲不掉

很莫名欸！明明就已經剪過了還要再剪一次！
為了給那些理髮阿婆賺錢吧
不過沒關係啦！我們已經剪過了應該就只是隨便嚕一下…
幹！嚕那麼大力當除草機喔！
好痛！

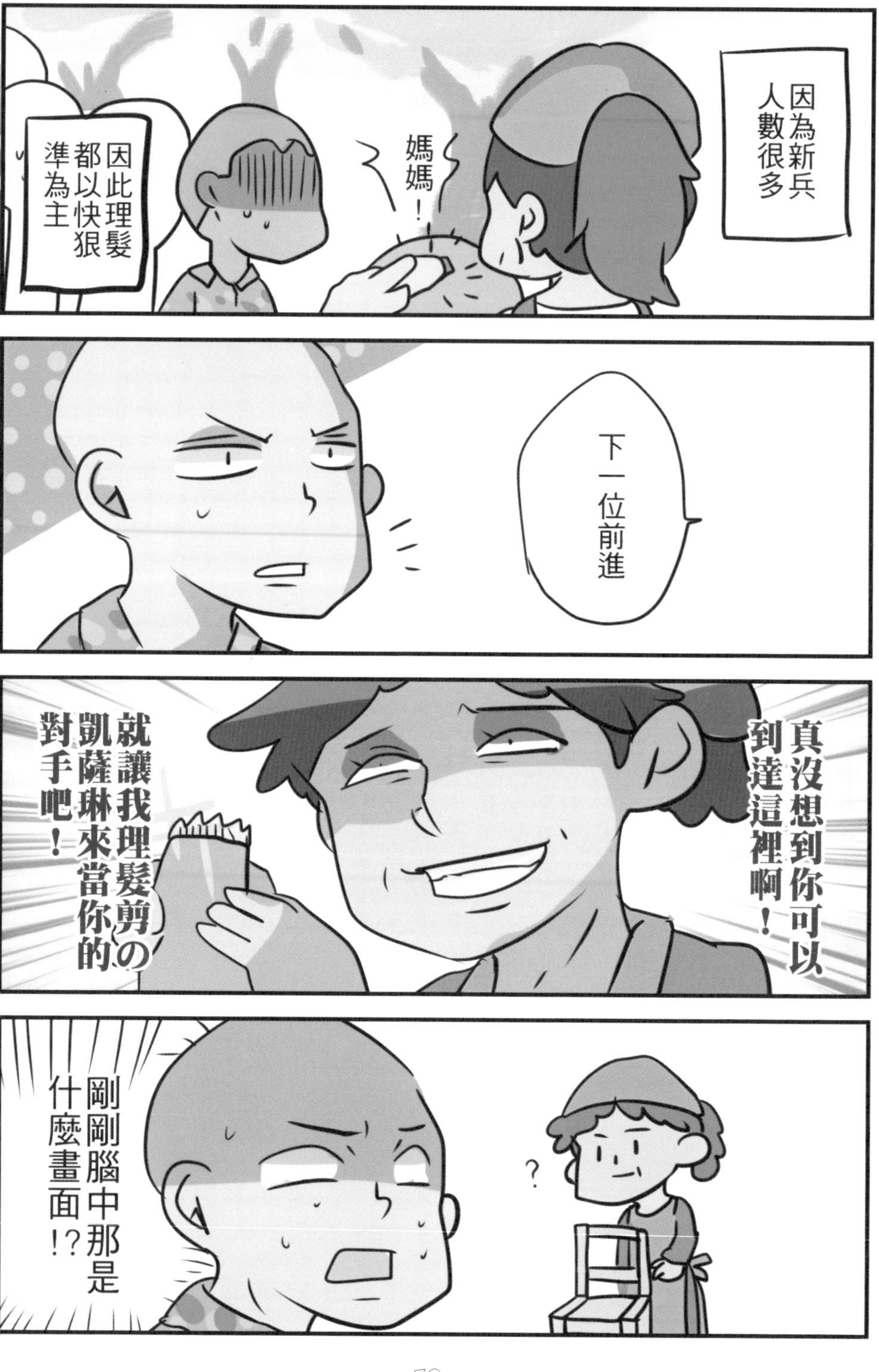
因為新兵人數很多
媽媽！
因此理髮都以快狠準為主
下一位前進
真沒想到你可以到達這裡啊！
就讓我理髮剪の凱薩琳來當你的對手吧！
？
剛剛腦中那是什麼畫面!?

阿婆，我已經剪過了可以隨便弄一下就好嗎？
放心啦！很輕的！一下就結束了齁！
唰
那就好⋯⋯
這天阿啾知道了
在軍中不能輕易相信任何人。

理髮剪都不休息一下的！過熱成這樣頭超熱的！
幹我還被割到耳朵欸！
請問一下
剪頭髮是排前面的隊伍嗎？
是剛剛那個女(？)的！
啊啊，對！
小心凱薩琳
謝謝
凱薩琳？
欸欸！你不覺得他超像女的嗎？我剛剛還真的以為是！
北七喔他就睡你隔壁床啊我們班的
真假

啊！換他剪了
他頭髮那麼長
應該會剪很久吧…
唔…
呀啊♥
阿啾
我好像真的會兵變呢
你已經分手了不算兵變啦
幹

各位菜鳥們記住！
你們現在要捨棄名字！現在的你們只有編號！
你們現在就是國軍的狗！
狗是不需要名字的！
這樣直接講出來真的好嗎？
班長！可是我家的狗有名字耶，他叫蛋蛋兒。
么洞么你等等給我留下
么洞么啊!!

天兵么洞么不只這件事…
進餐廳！
親愛精誠
上一動！進餐廳！
親愛精誠
你們是沒吃飯是不是啊？這麼小聲給螞蟻聽啊！
報告班長
我們真的還沒吃飯啊…
么洞么留下，其餘人進餐廳
么洞么，謝謝你，我們會連你的份一起吃的！

取板凳！
好！
坐下！
腰桿打直！
以碗就口！
記住，是以碗就口
不是以口就碗！
狗才以口就碗，
除非你們認為
自己是狗！
你剛剛不是才說
我們是國軍
的狗嗎!?
???
???

晚餐剩一根香蕉
還有誰還沒吃香蕉嗎？
啊，我還沒吃…
沒問題，洞八九，我手中的這根香蕉
已經是屬於你的了
只要你等等到我床邊叫一聲…
噗
報告班長，鄰兵性騷擾

新訓剛進去時，會讓你填一份問卷
身體狀況問卷
1. 是否有心疾病史? 1 2 3 4 5
2. 是否常失眠?
3. 是否有憂鬱情形?
基本上是要了解你身體狀況的問卷
這份問卷的總分超過十分的話
就會獲得紅臂章一個
紅臂章代表是痼疾人員
讓長官方便得知你身體有痼疾
也就是說…

班長我有紅臂章欸
我沒辦法做
你看我的臂章！
無敵啦！
拿到臂章的弟兄不要太開心
那可不是什麼免死金牌
該操的課還是得操
並且視你是甚麼項目不太行…

加強訓練唷
讓我脫掉！
快讓我脫掉！！

新訓第一天因為行程很趕，洗澡時也像是戰場⋯
欸，阿啾，我這還可以塞一個人
好擠喔，我等你沖完再洗
只有十分鐘可以洗，等等還要回去掛蚊帳欸
幫我拿一下毛巾
喔好⋯嗯？
我，我好像找到你分手的元兇了（?!）
辛苦你了，真的辛苦你了！

下巴哥看到不要打我

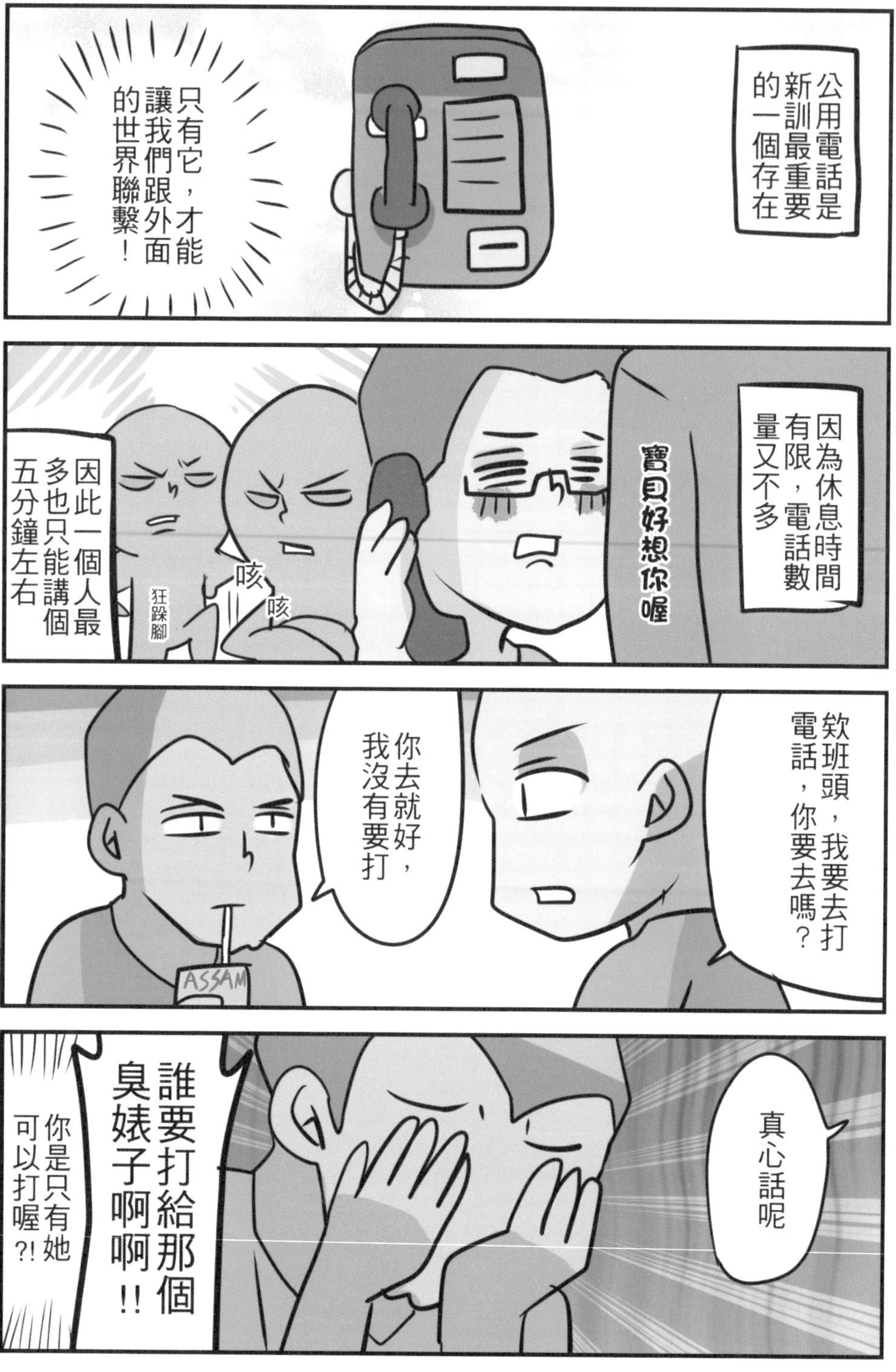
公用電話是新訓最重要的一個存在
只有它，才能讓我們跟外面的世界聯繫！
因為休息時間有限，電話數量又不多
寶貝好想你喔
咳
咳
狂跺腳
因此一個人最多也只能講個五分鐘左右
欸班頭，我要去打電話，你要去嗎？
你去就好，我沒有要打
ASSAM
真心話呢
誰要打給那個臭婊子啊啊!!
你是只有她可以打喔?!

請記得一定要接軍人的電話啊！

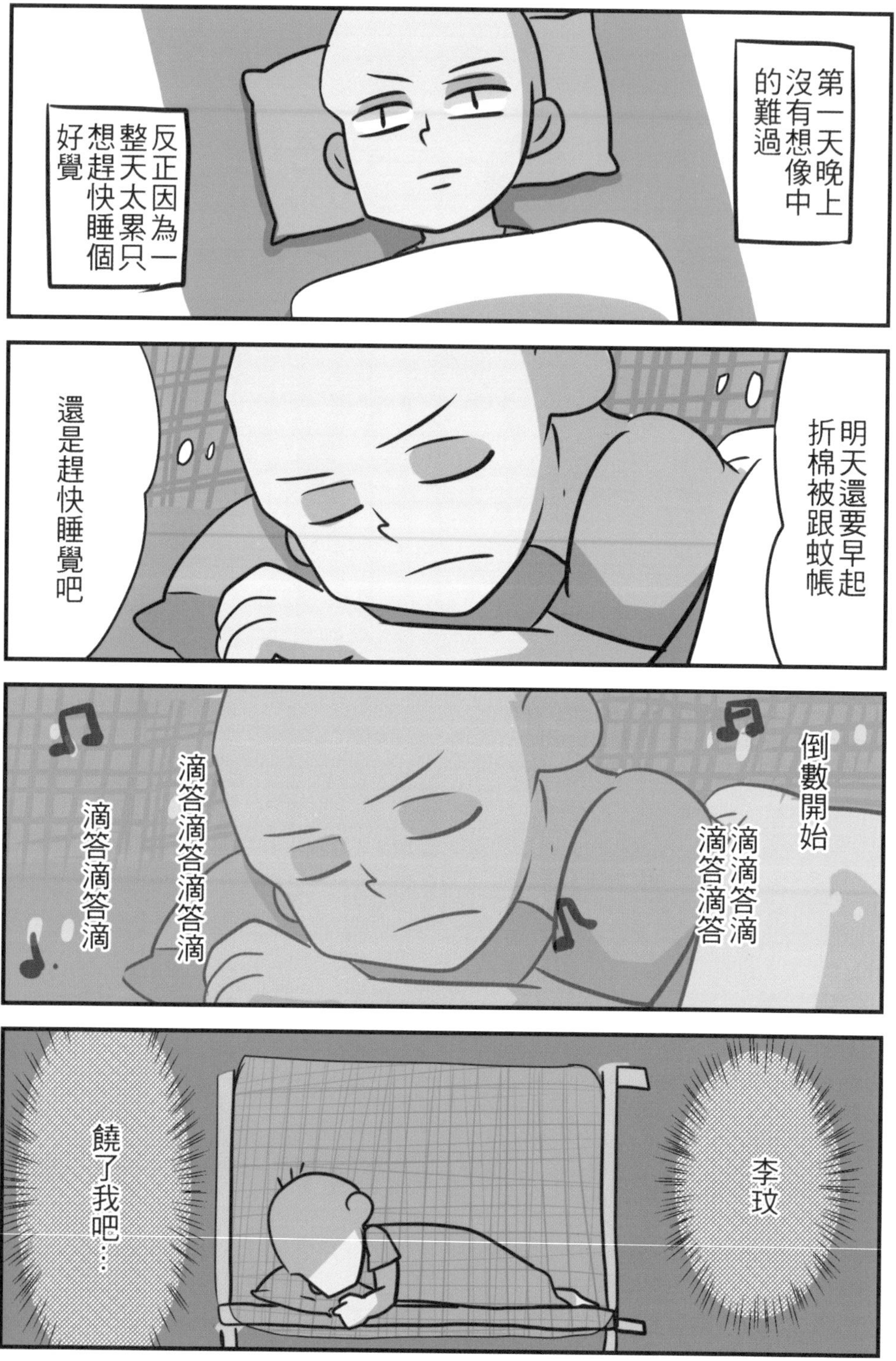

第一天晚上沒有想像中的難過
反正因為一整天太累只想趕快睡個好覺
明天還要早起折棉被跟蚊帳
還是趕快睡覺吧
倒數開始
滴滴答滴滴答滴答
滴答滴答滴答滴
滴答滴答滴
李玟
饒了我吧…

隔天早上
阿啾，快來！
我怎麼折都折不好！快點幫我！
刈包?!
這是三小啦！我要先去大便啦！
班頭，我來教你
洞八九！你也太快弄好了吧！
連軍服都穿好了！
首先先兩邊折四分之一
然後對折再對折
最後稍微修飾一下…

90°
就完成了
各位注意
讓我們掌聲歡迎
來自豆腐星球的豆腐哥！

之後……
親愛的豆腐欸~
幫班頭哥哥折一下啦
自己折，屁股下巴
你說誰屁股下巴！

等等照號碼進去拍照！
未來一年都要用到這張大頭照，記得能微笑就微笑！
三、二、一
能微笑就微笑！能微笑就微笑！
誰笑得出來啦！

欸，可是我覺得我的拍得不錯欸
我看看
你幹嘛挺下巴啦！到底是多喜歡你的下巴！
還好吧！這張感覺可以未來找工作用
不可以！
說到這個，還滿好奇豆腐的照片耶
對耶！想看！
豆腐哥！可以看你的大頭照嗎？
名模!?
那個嘟嘴是怎樣啦

新訓的訓練內容差不多是手榴彈的投擲訓練
刺槍術
以及體能訓練
不過我們真正最常做的事是
各位弟兄好，我是XX旅的招募官，
我們旅福利很好，晚上有外散宿…
我是XX旅的招募官！各位弟兄仔細聽好！
現在進來當兵起薪三萬六！
見紅就休，絕不會吃你的假
每天還有外散宿，不用睡在軍中…
起薪三萬六…外散宿…福利…
還不知道要做什麼就加入國軍吧！
每天不間斷的洗腦招募！
好無聊

你白癡喔，這樣我們就不用出操了啊
說得也是吼！
幾天後
各位弟兄，因為前面一直招募的關係，我們後面幾天要集中訓練
簡單來說
把各位
操到虛脫☆
怪我們囉？

於是…
迅速臥倒！
從原地匍匐前進到休息區再進行下課！
很遠欸…
再吵就沒下課！
金包銀
別人的生命是鑲金又包銀
我的生命不值錢
別人若講話是金言良玉
我若是多講話馬上就出事情

幹我手超痛的啦
噓，你不要吵，看那邊！
是豆腐哥欸
你不要出聲！仔細聽！
呼
呼
呼
哈
想像圖
天籟啊！
你是不是當兵當到發瘋了？

第一次取槍
國造65-K2
這就是……真槍嗎？
好像真的有在當兵的感覺了耶！好酷喔！
一個人掛兩把槍出發靶場！
提槍匍匐前進！
清槍清乾淨前不准吃飯！
65K2你這個臭媽寶!!

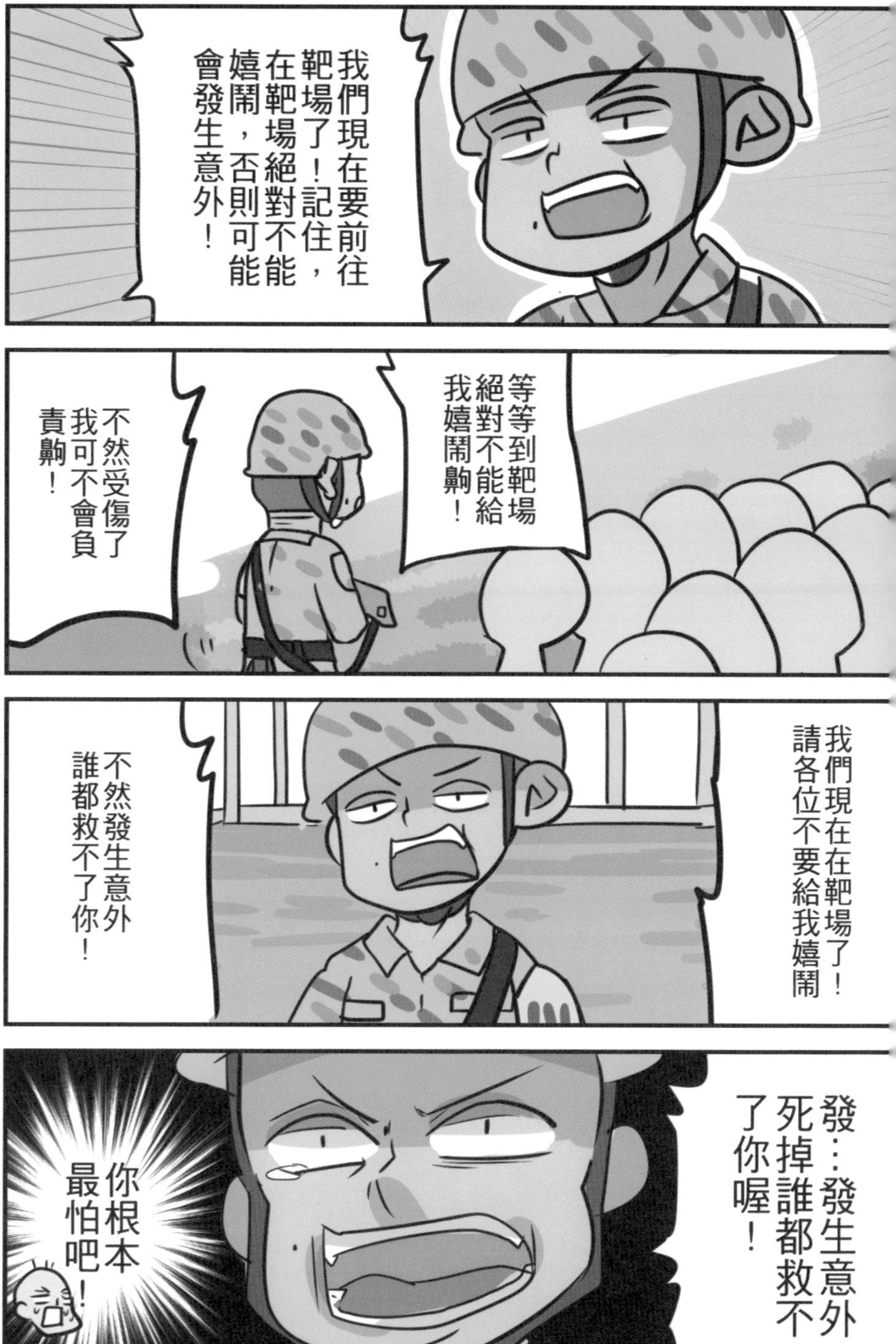
我們現在要前往靶場了！記住，在靶場絕對不能嬉鬧，否則可能會發生意外！
等等到靶場絕對不能給我嬉鬧齁！
不然受傷了我可不會負責齁！
我們現在在靶場了！請各位不要給我嬉鬧
不然發生意外誰都救不了你！
發⋯發生意外死掉誰都救不了你喔！
你根本最怕吧！

初次打靶
終於讓我等到這一天了……
等等絕對可以六發滿靶！
這麼有自信？
我C●O可是有龍炮呢!!
你中二屁孩喔！
結束之後
打得如何？？有滿靶嗎？？
零發
怎麼可能?!
隔壁的十二發
你打到隔壁靶啊！

好重…這一個人搬太強人所難了吧
要不要我來搬？
你身上都兩把槍了欸！
還好啦！
拿
豆腐哥身上已經背槍了
還能拿那麼重的手榴彈走路
難道他是
海克力斯轉世!?

欸阿啾，幫我投飲料
不要，不會自己去喔？
欸豆腐！幫我投
不要
我都還沒講完！
好啊！都這樣啊！不然我們來比腕力，
輸的就要請大家喝飲料！
有這間時間你早就買好了！
好像很好玩，我參加
欸？豆腐你可以嗎？
他超級可以啊！

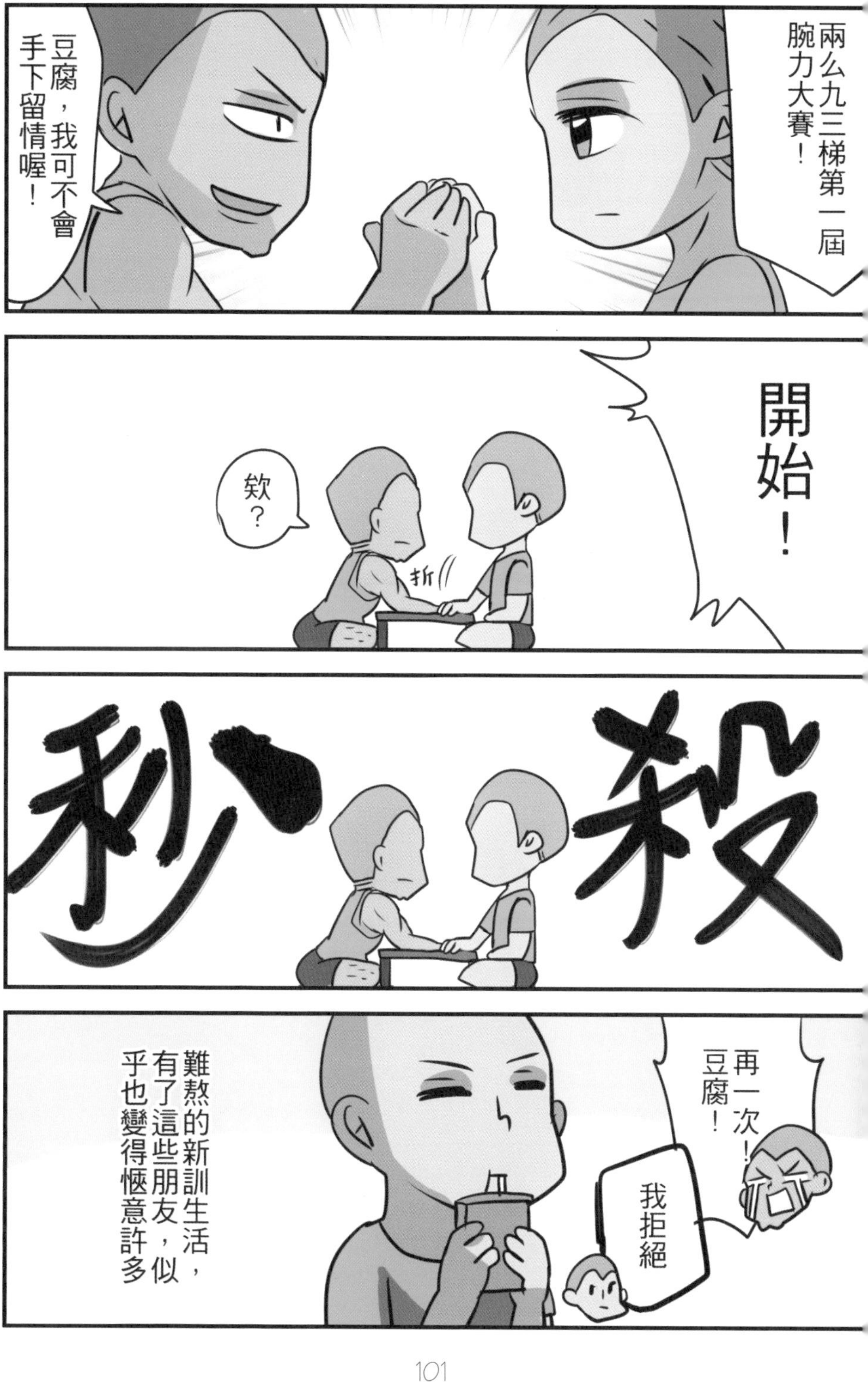
兩么九三梯第一屆腕力大賽！
豆腐，我可不會手下留情喔！
開始！
欸？
折
秒殺
再一次！豆腐！
我拒絕
難熬的新訓生活，有了這些朋友，似乎也變得愜意許多

於是一個月的新訓就在歡笑聲中落幕
怎麼突然就結束了？新訓不是應該還有很多嗎？
篇幅不夠啦，而且…
劇本
要把新訓講完，十本書都不夠呢
好了！那個不能畫！
新訓黑暗史
但是最重要的鑑測呢？就是新訓最後要考的那幾項…
鑑測喔？
那就要從我的夢說起了…
夢？

某日夜晚
輔導長
有誰很會寫字嗎?公差一名
秒舉
爽缺的味道!
好,你跟我來
這疊資料上面幫我填數字進去
不要太多也不要太低
盡量差不多就好
這是什麼阿

2193T
鑑測成績表格
XXX
3000m
打靶
單戰
體能
這是什麼？我們鑑測的成績嗎？我終於要體驗國軍作假資料了嗎？
怎麼可以這樣！我們這麼努力！結果資料竟然都是假的嗎！
阿啾，打靶滿靶

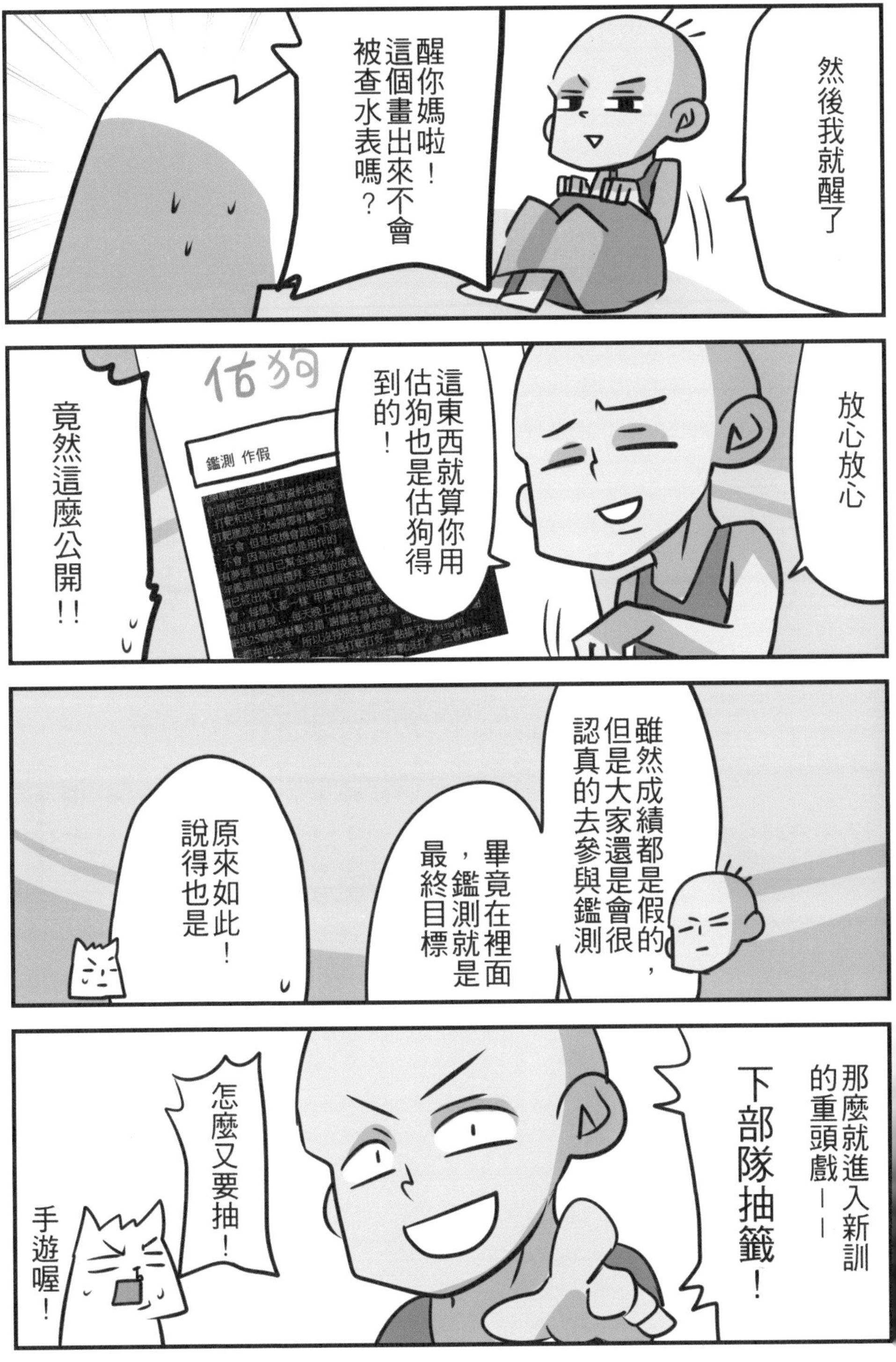
然後我就醒了
醒你媽啦！這個畫出來不會被查水表嗎？
放心放心
這東西就算你用估狗也是估狗得到的！
估狗
鑑測 作假
竟然這麼公開!!
雖然成績都是假的，但是大家還是會很認真的去參與鑑測
畢竟在裡面，鑑測就是最終目標
原來如此！說得也是
那麼就進入新訓的重頭戲——
下部隊抽籤！
怎麼又要抽！
手遊喔！

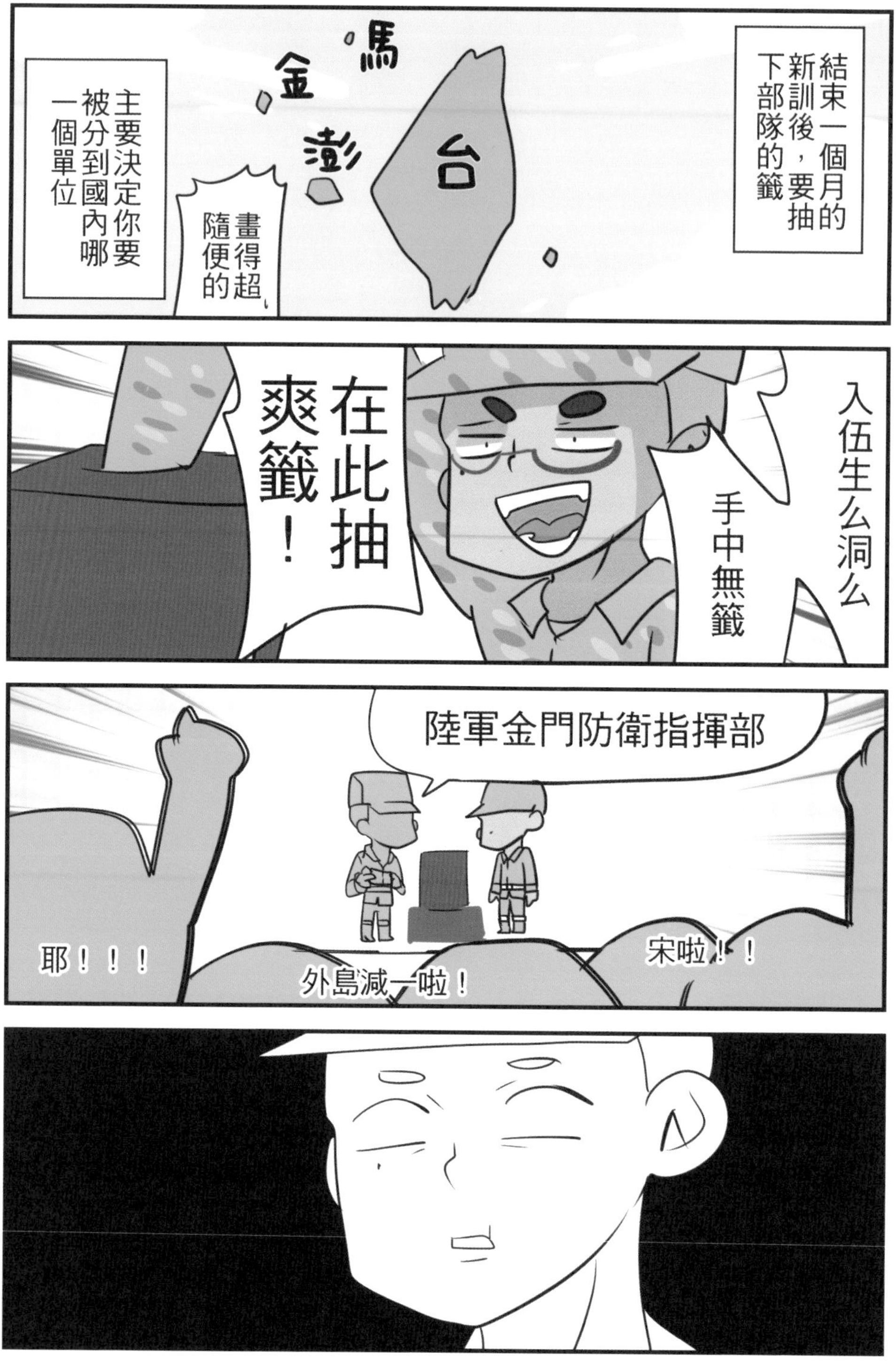
結束一個月的新訓後，要抽下部隊的籤
馬
金
澎
台
畫得超隨便的
主要決定你要被分到國內哪一個單位
入伍生么洞么
手中無籤
在此抽爽籤！
陸軍金門防衛指揮部
宋啦！！
外島滅一啦！
耶！！！

喔耶！我抽到台中神岡！
我也是台中，不過跟班頭不同旅。
耶
耶屁阿！我聽到了啦！
阿啾放心啦！你看你前面的海外籤都被抽走啦！
是這樣沒錯啦…
入伍生洞五五
手中無籤

在此抽籤！
五號籤！
五號籤無誤！
陸軍機步
三三旅
這甚麼地方？

三三三是什麼地方啊？
問班長？
不知道欸
班長，三三三是哪裡啊？
啊？那是哪？
為什麼沒人知道那是哪啊？叫姐姐估狗一下好了
欸你幫我估狗一下三三三旅在哪裡
三三三嗎？
他說在屏東萬金欸⋯

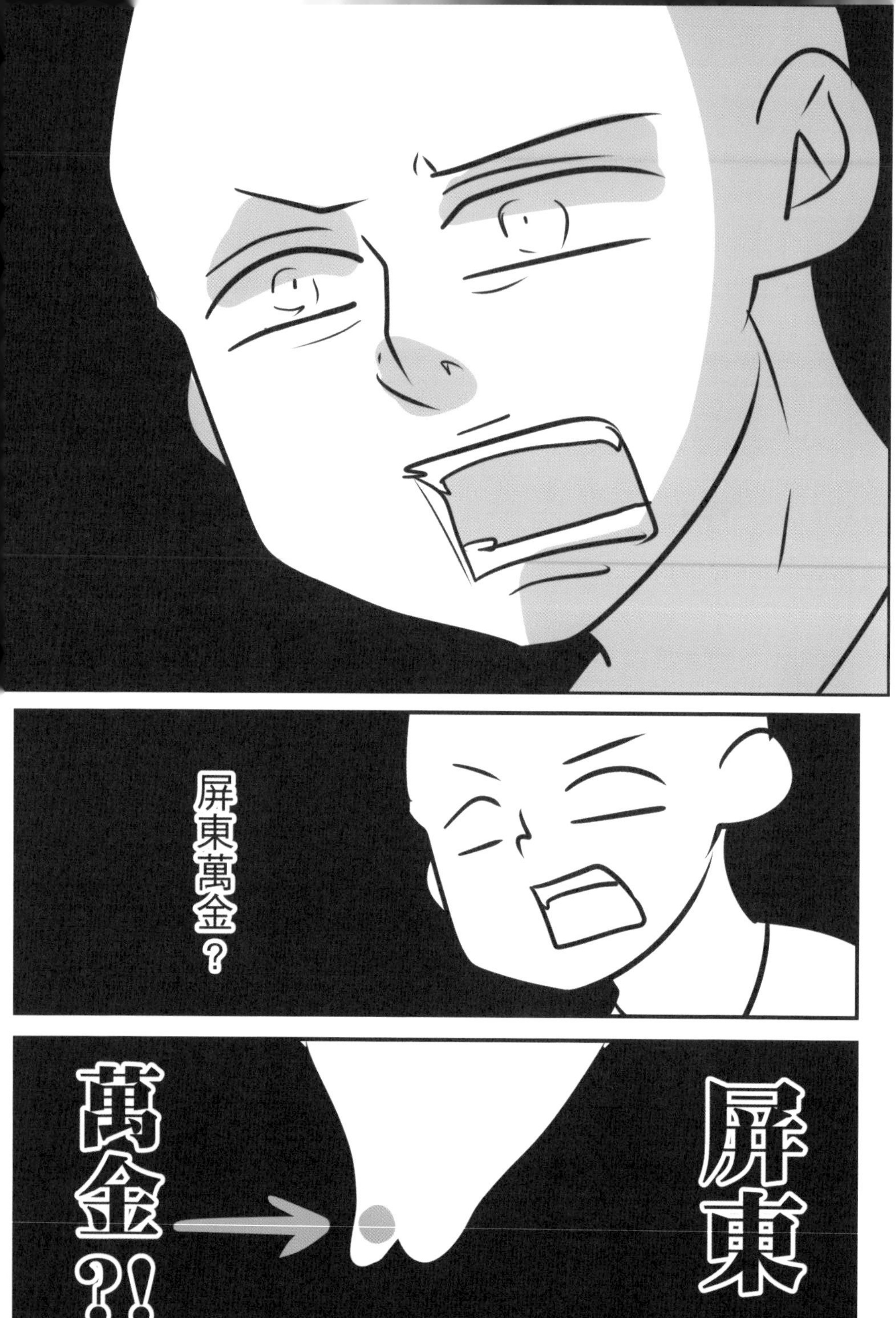

屏東萬金？
屏東
萬金?!

喔！原來是萬金啊！
他之前是兩九八旅，
後來改名了啊！
班長知道萬金嗎？
如何？爽嗎？
大金小金
莫入萬金
天山鳥飛絕
萬金人蹤滅
甘巴爹捏
甘你媽逼。

於是，新訓結束了

阿啾別難過啦
這樣放假就可以一直衝墾丁耶！
閉嘴，屁股。

第四章
部隊生活與趕牛羊聯勇？！

結訓假放完後，部隊在南部的人集中在台南官田等分發。
歡迎各位弟兄到官田營區，等等各旅會派車接送各位
請各位在這邊休息——
各位弟兄，現在有個機會，旅部現在正在找傳令
選中的人可以直接留在官田
不用去原本分發的地點喔！
一定是大屎缺才在這邊找兵
別被騙了
說得也是！
我們希望是找白淨的帥哥，有想要的弟兄請到外頭集合
站起
出發！

哼，你們真的以為我是因為帥哥才出來選的嗎？
是因為與其去屏東，還不如就去近一點的台南啦！
真心話呢？
你他媽林北是南投劉德華啦！
臉不乾淨，回去。
臉不乾淨
臉不乾淨
臉不乾淨
臉不乾淨
臉不乾淨
臉不乾淨
這到底是什麼謎之形容

幾個小時後
到底還要等多久啊？先去上個廁所好了
屏東萬金的弟兄請至外頭集合
欸？來了嗎？
動作快一點要上車了！
可是我想先去一下廁所…
等等會給你時間上！快點往前！
坐滿了齁！可以出發了！
說好的給我時間上呢！？

可惡，騙子長官！人家想上廁所啦！
算了，還好沒有很急，忍一下應該可以撐到目的地……
殺小?!怎麼突然震成這樣！
這這台車的的避震也太太太爛了吧！
屁股好痛！
有說大概多久到嗎？
剛剛聽長官說差不多三個小時左右！

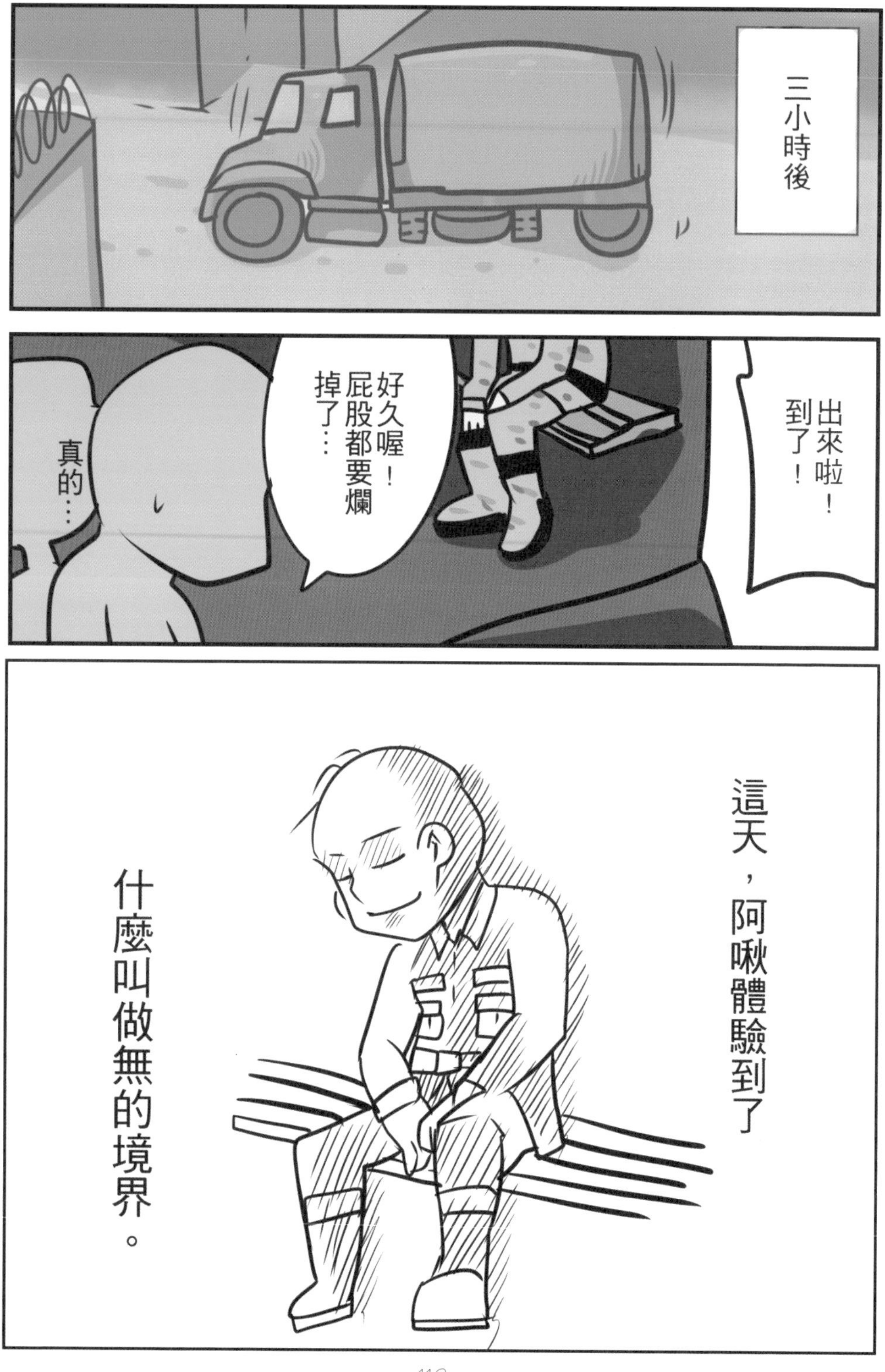
三小時後
出來啦！到了！
好久喔！屁股都要爛掉了…
真的…
這天，阿啾體驗到了
什麼叫做無的境界。

這就是屏東的夜空……
也太美了
媽媽，我好想你，你現在在做什麼？
各位趕快跟上！要準備就寢了！
這是你們的房間。
高級六人房
附書桌電腦椅及個人內務櫃
媽媽
我好像不太想你惹

不好意思，是在高級幾點的

哇啊啊！連浴室都這麼高級耶！
真的！跟成功嶺差太多了！
折騰了一天，總算可以洗澡了
嗯？
新來的菜鳥？誰說你們可以來這邊洗的？
去樓上洗。
是…是的學長。
學長學弟制啊啊啊啊啊啊!!

於是部隊生活正式開始——
歡迎各位來到三連，我是三連的連長。
那個黑眼圈是怎麼回事！
三連基本上很輕鬆，只要你乖乖做事
基本上是可以讓你輕鬆待到退伍的
可是你的黑眼圈看起來不像是很輕鬆啊!!
好了，那麼接下來分配工作
要擦槍嗎？
還是要開戰車？
一排掃一樓
二排掃二樓
三排掃三樓
超隨便的！

於是第一天
使用竹掃把
小型
第三天
使用竹掃把
中型
第七天
使用竹掃把
大型
毛多的竹掃把
好好掃啊啊啊
啊啊啊啊啊啊
掃到壞掉了

每天都在掃地，到底要掃到什麼時候啦……
好無聊
阿啾，你過來一下。
我看你兵籍資料有寫說你會畫圖
你畫一個戰車我看看？
我正好需要美工人才
士官長好！
戰，戰車嗎？

嗯，不會畫戰車沒關係，我們連上最近要整修
牆面要全部塗過
希望可以請你來畫牆面
這一整年都給你發揮，把牆全部都畫完
這一整年都給你發揮
一整年都給你
一整年都
一整年
一整年
全劇終

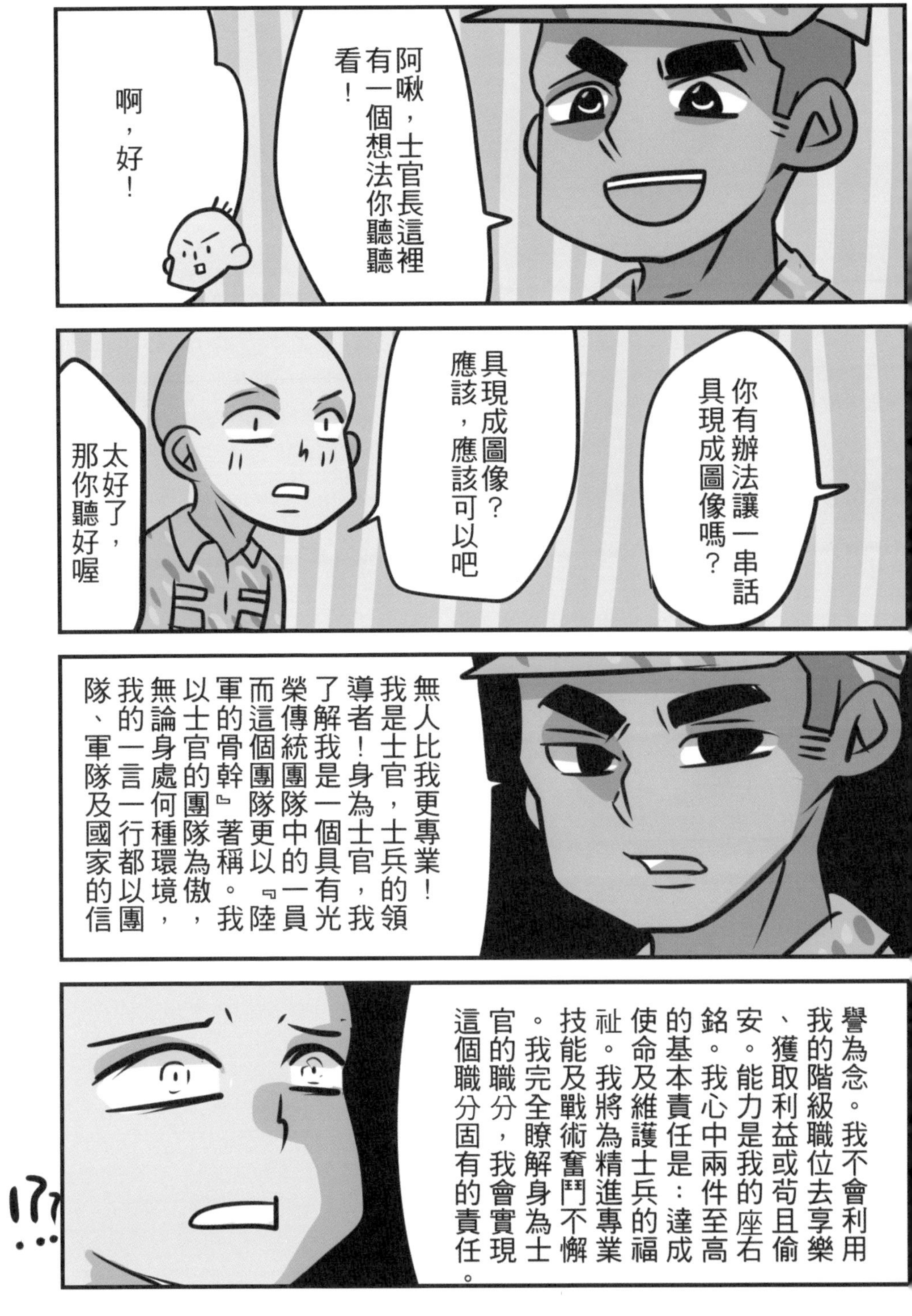

阿啾，士官長這裡有一個想法你聽聽看！
啊，好！
你有辦法讓一串話具現成圖像嗎？
具現成圖像？應該，應該可以吧
太好了，那你聽好喔
無人比我更專業！我是士官，士兵的領導者！身為士官我了解我是一個具有光榮傳統團隊中的一員，而這個團隊更以『陸軍的骨幹』著稱。我以士官的團隊為傲，無論身處何種環境，我的一言一行都以團隊、軍隊及國家的信
譽為念。我不會利用我的階級職位去享樂、獲取利益或苟且偷安。能力是我的座右銘。我心中兩件至高的基本責任是：達成使命及維護士兵的福祉。我將為精進專業技能及戰術奮鬥不懈。我完全瞭解身為士官的職分，我會實現這個職分固有的責任。
!?…

比我更專業！我是
士官，士兵的領導者！
身為士官，我了解我是
一個具有光榮傳統團隊
中的一
我以士官的團
為傲，無論
何種環境，我的
一言一行都以團
阿啾又壞了

欸！你在我房間外做什麼！
排長好！士官長叫我畫連上的牆壁，正在打稿
畫牆壁啊！優秀！那你幫我畫個雲豹甲車看看！
雲豹甲車？
國軍的雲豹甲車啊！你不知道嗎！
……
拜託你們不要再逼我畫車了!!

你在畫牆壁啊？
哇！很會欸！有學過嗎？
班長們
欸！怎麼畫男的啦！連上都男的你看不膩喔！
想說跟士官長給的主題比較…
不要給我畫男的啦！
每天操課回來還要看男的在寢室外面，是多虐啦！
畫爆乳正妹拉！這樣回寢室看到才爽啊！
正妹正妹！
唔哦哦哦哦哦哦哦！好棒啊！
領口要打開啊！
主人，歡迎回寢
士官長，對不起!!

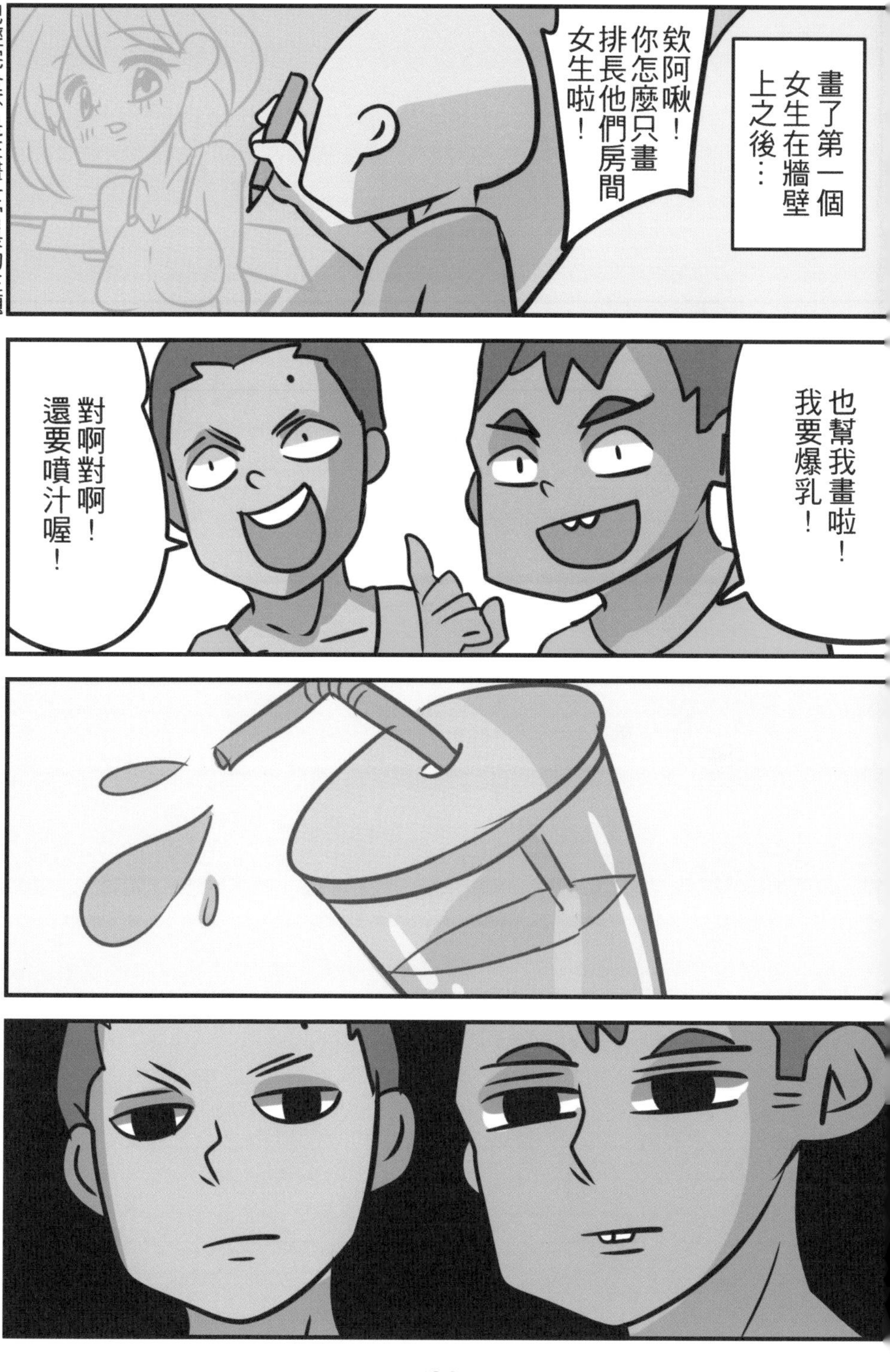
畫了第一個女生在牆壁上之後…
欸阿啾！你怎麼只畫排長他們房間女生啦！
也幫我畫啦！我要爆乳！
對啊對啊！還要噴汁喔！

已經完全不是在畫士官長的主題

阿啾！阿啾！
聽說營部等等要派人來督導！連長叫你先停下手邊工作！
真的假的啦！那這些圖被營部看到不就完蛋了！
怎麼辦啊！要不要先找個東西遮起來？
哪來那種東西啦！
停下
你們在這鬼鬼祟祟的幹嘛？
營，營輔導長好！
挫賽!!

這是誰畫的？
報告營輔導長！是士官長請我畫的！他說要美化連上的牆面，
所所所以就請我來畫牆壁
只是連上弟兄比較喜歡這種，所以想說我才那個這個……
胡言亂語
你明天來營輔的辦公室畫
欸？
於是，全營唯一有個人畫像的牆面誕生了。
歡迎來到
營輔導

下部隊後會跟學長們分在一起睡
學長好
客氣
我是阿啾，請問怎麼稱呼
不用叫我學長，我們差一梯而已
啊…好！那你有什麼綽號嗎？
……我沒有什麼綽號
你還是叫我學長吧。
這個人到底想怎樣！

學長！我建置分到機槍兵，那是幹嘛的阿？
哦，拿掃把
那副班長呢？有什麼需要注意的嗎？
拿耙子
那機步領導…
拿拖把
這個連隊發生了什麼事?!
???
???

第一次上哨
剛好我帶哨，順便帶你認識一下附近吧？
好啊！
我們前面是旅部，後面這棟是營部連，
旁邊是操場
嗯嗯
那邊是司令台
這是二營餐廳
那是狗官
旁邊是戰車營
那是狗官
學，學長？
那是狗官三號。
狗官四號，狗官五號
學長!!

你是第一次站哨沒錯吧？
對，對啊第一次就站夜哨⋯
那你衛哨守則、用棍準則之類的都背好了嗎？
背好了
三問三答也要記好喔，還有什麼問題嗎？
那個⋯
對面那個空哨所是要幹嘛的啊？
⋯⋯⋯⋯
不要突然不說話啦!!

可惡，害我緊張到肚子好痛，等等一定要回去大拉特拉!!
希望查哨的不要來…
查哨——
站住！口令！誰！
噗
噗
噗
很好
屁聲響亮
查哨官不要！

人事調動後，輔導長來了一個女少尉
各位弟兄們好！因為最近政戰官會下來督導
所以各位的大兵日記一定要認真寫唷！
我的大兵日記
後面的生活照請貼滿五張
如果被我發現沒有貼到五張
反正又不可能禁我們假
全員
日記內容跟學習心得多寫一行。
不要啊啊啊啊啊啊啊學習心得超級難掰的啊啊啊啊啊啊！
輔導長是惡魔！
惡魔，降臨

掰學習心得真的很痛苦

學長，這次休假你有把五張照片貼滿嗎？
有，貼完了
可以借我看嗎
嗯，都是一些很正常的生活照
爸爸
妹妹
我
學長!!這個不行吧!!
不行吧!!

端午節我們要辦懇親會
有家長要來的弟兄等等來輔導長這裡簽名
家長有來的話就可以提早十二點離開營區
基本上是三等親之內啦
不過呢
男朋友
也在合理範圍之內唷
……輔導長?!

＊洞八：正常為週五18點放假，洞八為週六08放假

真是的，腦袋到底裝些什麼
你照我的想法來畫好了！
首先呢，懇親要有家長，這邊先畫一個爸爸好了，要有慈祥的感覺，眼神要看著當兵的兒子
然後兒子因為爸爸來懇親會看他，內心雖然高興但是又不能完全顯露出來，於是故意不看爸爸，說：才，才沒有要你來呢！
懇親
才，才沒有要你來呢!!
好這張送我
輔導長!?

懇親會當天
當接待
歡迎來萬金，我們等等會先去……
先帶我去找我兒子可以嗎
啊，我們等等會先將家長集中在一個地……
我什麼時候可以接我兒子回家？
欸…表定十二點
不能現在就帶走嗎？為何要等？
我大老遠跑來這個偏遠地區，等等還要趕回台北耶
現在，我現在就要把他給帶走
去跟旅長講啦幹！

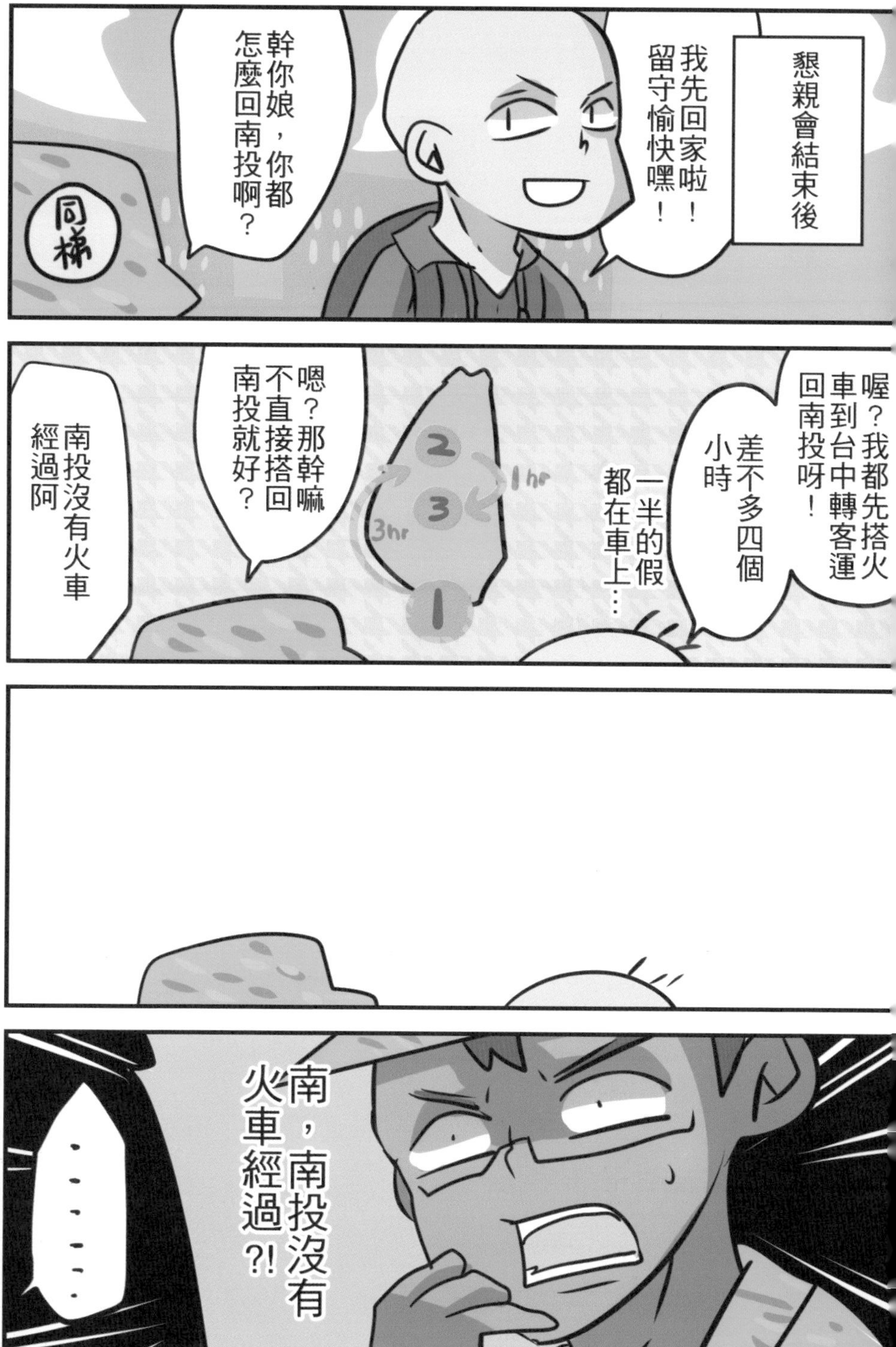
懇親會結束後
我先回家啦！留守愉快嘿！
幹你娘，你都怎麼回南投啊？
同梯
喔？我都先搭火車到台中轉客運回南投呀！
差不多四個小時
一半的假都在車上…
1hr
3hr
嗯？那幹嘛不直接搭回南投就好？
南投沒有火車經過阿
南，南投沒有火車經過?!
……

大概問十個有九個不知道這件事

(集集小火車屬觀光性質不算在內)

喔耶！第一次么兩就放假了耶！
愉悅
輕盈
超爽的啦！爽玩一波啦！
阿啾阿啾
嗯？怎麼啦？
47 hrs 57 m
倒數48小時

收假
休假一下子就沒了
而且還沒有買到坐票，要站三小時
阿啾，不要這麼難過
你只要想著
是在站哨就好了
服裝整齊 配件光亮
精神飽滿 姿態端正
械彈攜帶 確遵規定
堅守崗位 嚴密搜索
提高警覺 時時戒備
不看熱鬧 注意可疑
壞掉了

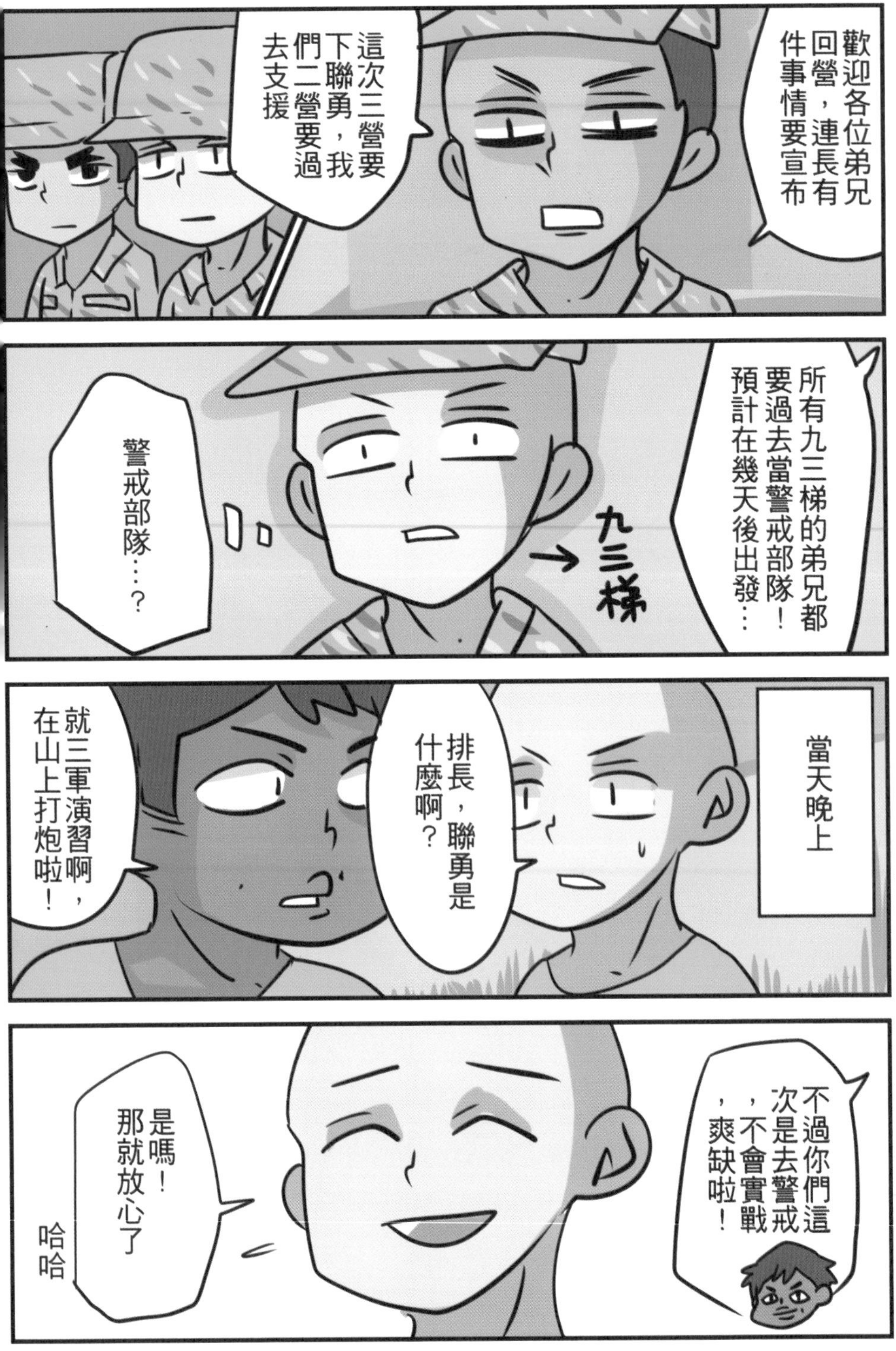
歡迎各位弟兄回營，連長有件事情要宣布
這次三營要下聯勇，我們二營要過去支援
所有九三梯的弟兄都要過去當警戒部隊！預計在幾天後出發…
九三梯
警戒部隊…？
當天晚上
排長，聯勇是什麼啊？
就三軍演習啊，在山上打炮啦！
不過你們這次是去警戒，不會實戰，爽缺啦！
是嗎！那就放心了
哈哈

不愧是歷練很高的志願役

因為臨時營區洗澡間不足
於是搭了野戰澡堂供士兵們就地洗澡
野戰澡堂一次約可以容納20人左右洗澡
也，也就是說……
要，要同時跟二十個雞雞一起洗♂澡啊!!
你那邊好小唷!
學長不要啦!
啊哈哈啊哈哈哈
結果什麼事情都沒發生就走出來了。

聯勇
是國軍每年重要的實地演習
此時國軍都會在此作實彈射擊演練
並實施基地測考
而阿啾也參與了這項重大的任務
他的任務是
趕牛羊
趕羚羊！
雅哇爹

*防止砲彈波及牛羊

初次來到警戒位置
不是說要趕牛羊嗎？半隻都沒看到啊！
還要背重得要死的三拐C
是說……
剛剛路上這一堆黑色顆粒是什麼啊
聞
哦，那個呀
那是羊大便

覺得我還活著真是太幸運惹

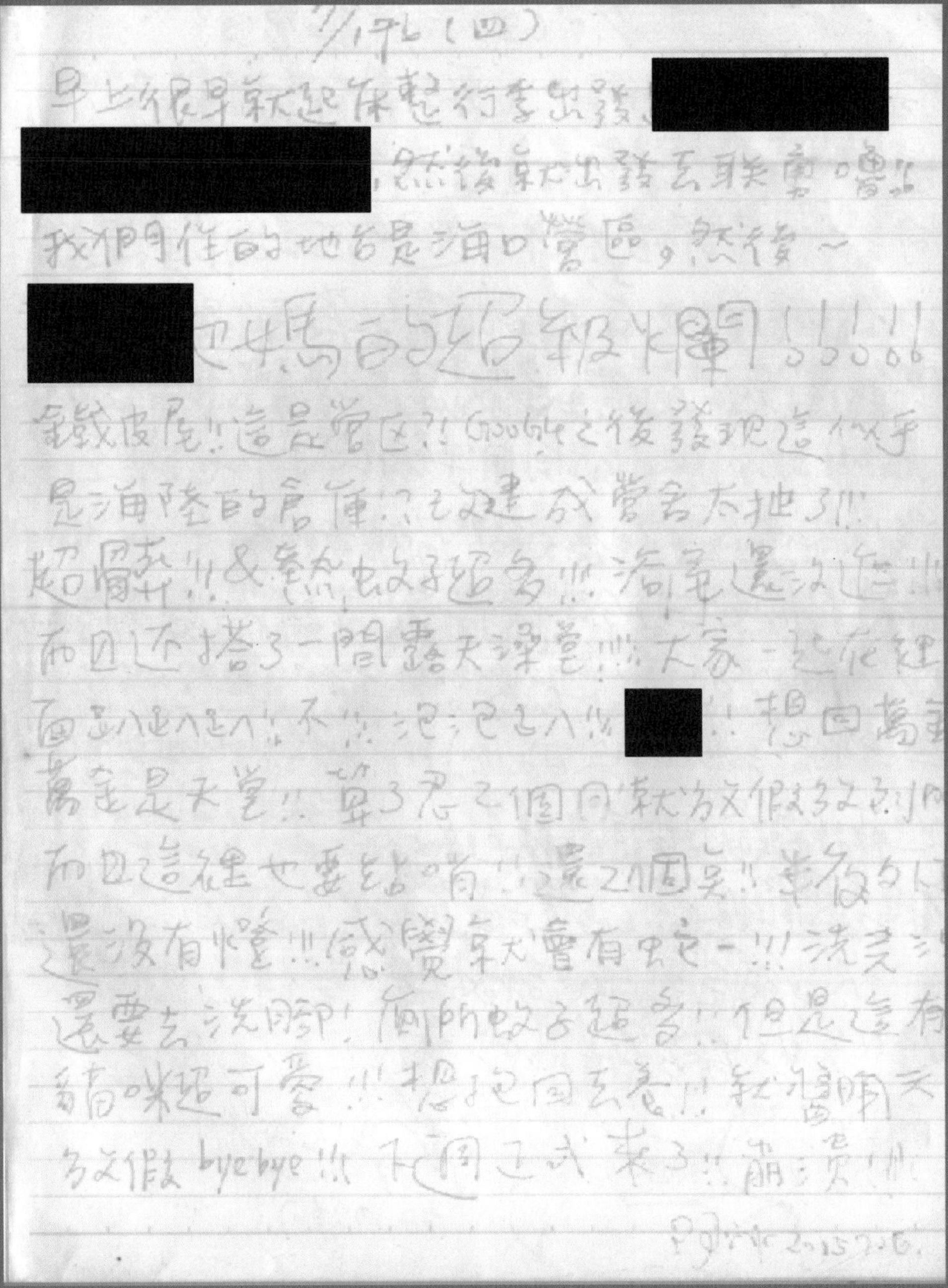
7/16 (四)
早上很早就起床整行李出發，[redacted]
[redacted]然後就出發去聯勇嘍!!
我們住的地方是海口營區，然後～
[redacted]他媽的超級爛!!!!!!
鐵皮屋!! 這是營區?! Google之後發現這似乎
是海陸的倉庫!! 改建成營舍太扯了!!
超髒!! & 悶熱 蚊子超多!! 浴室還沒隔!!
而且還搭了一間露天課堂!!! 大家一起在裡
面正入進入進入!! 不!! 泡泡包包入!! [redacted]!! 想回高雄
高雄是天堂!! 算了還2個月就放假2到了
而且這裡也要站哨!! 還2個字!! 半夜的
還沒有燈!! 感覺就會有蟲一!!! 洗完
還要去洗腳! 廁所蚊子超多!! 但是這有
貓咪超可愛!! 想抱回去養!! 就當明天
放假 bye bye!!! 下週又來了!! 崩潰!!!
2015.7.26.

當時剛去聯勇基地時寫的日記

可以看得出我有多崩潰吧⋯⋯

警戒時都是叫外頭飲料店送飲料過來
來喔飲料
以後有想要甚麼報紙啊漫畫阿婆都可以送喔！
謝謝阿婆
阿婆！那可以外送妹妹嗎！
開玩笑的啦
阿婆
不便宜喔
!?

靠，肚子突然好不舒服喔！
會不會是那個阿婆的飲料有問題啊？我也在痛欸
排長…
我肚子劇痛
這附近有廁所之類的地方嗎？
那邊
那邊有廁所嗎？
有大自然!!

在大自然解放吧！

是誰啦！

聯勇山上的樹叢，
到處都是大〇。

因為沒廁所。

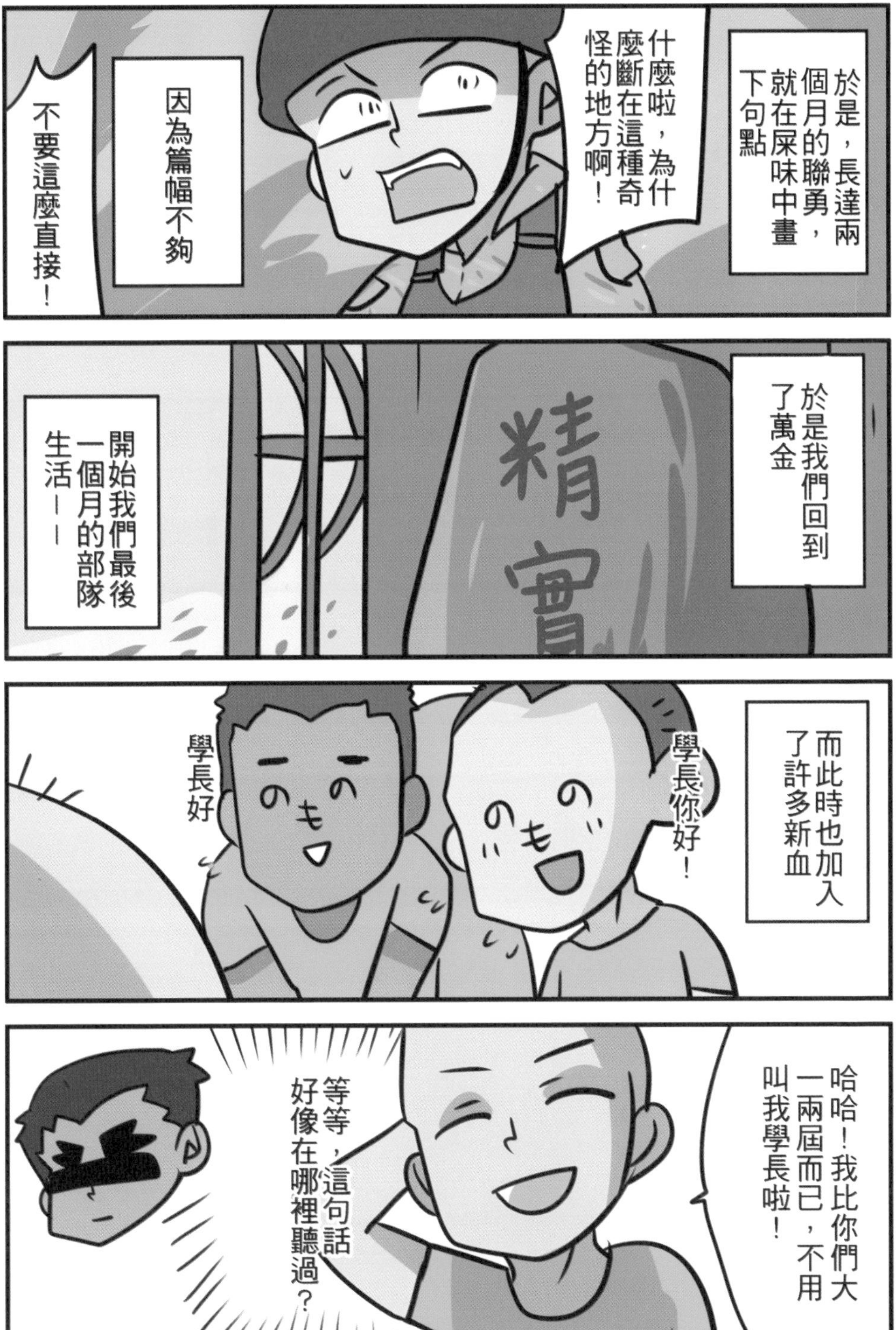
於是，長達兩個月的聯勇，就在屎味中畫下句點
什麼啦，為什麼斷在這種奇怪的地方啊！
因為篇幅不夠
不要這麼直接！
於是我們回到了萬金
精實
開始我們最後一個月的部隊生活——
而此時也加入了許多新血
學長你好！
學長好
哈哈！我比你們大一兩屆而已，不用叫我學長啦！
等等，這句話好像在哪裡聽過？

學長，來這裡有什麼需要注意嗎
覺得長官們都好兇好可怕喔……
不用擔心啦！他們都是面惡心善啦！照著規矩走就沒事啦！
是說你們還有多久退伍啊？
還有三百多天啦
學長？！
……

三百天‥讓我死蒼算蒼

學長，為什麼我們要一直掃廁所？
今天第三次了
不要問
學長，為什麼我們要全副武裝吃飯啊？
不要問
學長，為什麼沒有下雨還要穿雨衣啊……
不要問
在軍中，什麼都不要問，做就對了
是的學長
長官就是一切
學長好帥

喔耶！下周就要退伍啦！忍了一年終於等到今天了！
最後一周林北要瘋狂擺爛啦！誰都不准叫
阿啾，阿啾
連長排你這周留守
可是人家，下周退欸…
而且要全副武裝戰備留守
待退老兵八字輕!!

都要退伍了還被排周末戰備留守，連長真的很過分！
惡魔啦！
各位弟兄，趕快紮裝
準備要出發了
下雨了！各位弟兄先回連上待命吧！
喔耶
連長!!

結果雨一下就停了
今天戰備就演暴民來襲
記得該做什麼處置，不要等等被督爆了
阿啾你來演暴民
啊啊啊！暴民來啦！
啊啊啊！我是暴民殺啊啊啊！呀啊啊！
菜兵
呀♥我被暴民入侵了！
雅美跌！

於是最後的周末留守結束了
學長，你要退伍了耶
對啊！
不簽嗎
簽你媽
結果連上的牆最後都充滿了美少女
還有一些御姐
多喝水唷
結果士官長一開始說的那個內容都沒有畫到呢
對阿，這樣好像有點對不起士官長
不然我們馬上來補畫好了
無人比我更專業！我是士官，士兵的領導者！
……隨便啦
結果到退伍前士官長好像都沒看到這面牆

請今日退伍人員至安官桌集合
一年的時間說快不快，說慢也不慢
我先離開啦！
學長你真的不簽下去嗎？
在軍中除了要讓自己學會獨立之外
你敢把我的事情畫進書裡的話
你就完蛋囉
更重要的還是認識人並結識朋友
雖然日子很幹很苦，但是有朋友的相互扶持
當兵似乎也輕鬆許多

準備好了嗎
一
二
幹！
我們退伍啦！

後記

*2018年起不再徵召義務役。

媽媽為什麼不晚一點生我！

是說你還在當替代役吧
對啊，替代役役期會比義務役多一點
教育役
雖然之前說成那樣，
但是替代役應該也是頗辛苦的吧
喔喔還好啦，就做做導護
有活動帶孩子們跳舞
然後幫忙照顧校貓而已啦
給我
去吃屎

退伍之後有天下巴哥說要開一個新訓的群組
欸阿啾，把大家揪起來找一天吃飯啊
不過你有其他人的好友嗎
你加入3——
「2193菜逼八團」
拜託我是班頭欸，當時都馬我在聯絡大家的好嗎
這個Kelvin是誰啊？
有這個人嗎
喔他喔，你竟然不知道
豆腐哥啊

豆腐哥呀…
豆腐哥呀…
好重唷
阿啾！
阿啾
這根很好吃唷
是豆腐哥呀！
還我清純可愛的豆腐哥！
你這屁股下巴！
干我屁事啊

謝謝大家購買本書！

雖然當兵的當下真的很痛苦很難過很憤怒很火爆很憂鬱很爆氣很心悶很衰小很姬芭，但是一踏出營門什麼病痛都消失了呢！營門根本就是萬靈藥啊。

但是退伍之後在心中留下的是滿滿的回憶，難怪男人只要聊到當兵都會瘋狂聊當年勇，就算當年跟弱雞一樣。

不過再叫我去當一年兵，吃屎吧！（喂）

阿啾軍旅同萌：學長說要操爆我！

作　　者／阿啾
美術編輯／孤獨船長工作室
責任編輯／許典春
企畫選書人／賈俊國

總 編 輯／賈俊國
副總編輯／蘇士尹
編　　輯／高懿萩
行銷企畫／張莉滎・廖可筠 ・ 蕭羽猜

發 行 人／何飛鵬
出　　版／布克文化出版事業部
115 台北市南港區昆陽街 16 號 4 樓
電話：（02）2500-7008 傳真：（02）2502-7579
Email：sbooker.service@cite.com.tw
發　　行／英屬蓋曼群島商家庭傳媒股份有限公司城邦分公司
115 台北市南港區昆陽街 16 號 8 樓
書虫客服服務專線：（02）2500-7718；2500-7719
24 小時傳真專線：（02）2500-1990；2500-1991
劃撥帳號：19863813；戶名：書虫股份有限公司
讀者服務信箱：service@readingclub.com.tw
香港發行所／城邦（香港）出版集團有限公司
香港九龍土瓜灣土瓜灣道 86 號順聯工業大廈 6 樓 A 室
電話：+852-2508-6231 傳真：+852-2578-9337
Email：hkcite@biznetvigator.com
馬新發行所／城邦（馬新）出版集團 Cité （M） Sdn. Bhd.
41, Jalan Radin Anum, Bandar Baru Sri Petaling,
57000 Kuala Lumpur, Malaysia
電話：+603-9056-3833 傳真：+603-9057-6622
Email：services@cite.my
印　　刷／韋懋實業有限公司
初　　版／2018 年（民 107）4 月
2024 年（民 113）4 月初版 16.5 刷
售　　價／300 元
ＩＳＢＮ／978-957-9699-02-0